기타의 선율을 타고
시간을 거슬러 너만을 사랑해

기타의 선율을 타고 시간을 거슬러 너만을 사랑해

발행일	2023년 10월 23일		
지은이	김경진		
펴낸이	손형국		
펴낸곳	(주)북랩		
편집인	선일영	편집	윤용민, 배진용, 김다빈, 김부경
디자인	이현수, 김민하, 임진형, 안유경	제작	박기성, 구성우, 이창영, 배상진
마케팅	김회란, 박진관		
출판등록	2004. 12. 1(제2012-000051호)		
주소	서울특별시 금천구 가산디지털 1로 168, 우림라이온스밸리 B동 B113~114호, C동 B101호		
홈페이지	www.book.co.kr		
전화번호	(02)2026-5777	팩스	(02)3159-9637

ISBN   979-11-93499-06-1 03810 (종이책)   979-11-93499-07-8 05810 (전자책)

(주)북랩 성공출판의 파트너
북랩 홈페이지와 패밀리 사이트에서 다양한 출판 솔루션을 만나 보세요!
홈페이지 book.co.kr • 블로그 blog.naver.com/essaybook • 출판문의 book@book.co.kr

작가 연락처 문의 ▶ ask.book.co.kr
작가 연락처는 개인정보이므로 북랩에서 알려드릴 수 없습니다.

기타의 선율을 타고
시간을 거슬러 너만을 사랑해

김경진 지음

북랩

목차

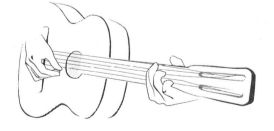

아웃사이더

"이민욱! 같아 가!"

늦은 오후 뒤늦게 학교로 터덜터덜 걸어가는 민욱의 뒤에서 익숙한 목소리가 들려왔다. 대학 입학 후 오리엔테이션 때부터 지금까지 단짝처럼 지내는 친구 현우였다. 굳이 인사랄 것도 없이 민욱과 현우는 한참 강의가 시작되고 있을 경영본관으로 함께 걸어갔다. 2000년이 시작하는 때는 온 세상이 새천년의 시작이라며 들떠 있었는데. 물론, 정확히는 20세기의 마지막이 2000년이 될 것이고 2001년부터가 21세기가 되어야겠지만 2000이라는 숫자가 주는 강한 임펙트로 인해 이미 온 세상 사람들은 새천년이 벌써 시작되었다는 인식을 가지고 있었다. 바로, 그해에 대학교를 입학한 민욱은 그 설렘이 지금도 잊혀지지 않을 감동처럼 남아있어야 했으나 막상 시작된 대학 생활은 그다지 자신의 기대

를 충족시켜주지는 못했다. 어느새 한 학기가 지나가고 여름방학
도 흘러간 뒤 2학기가 시작된 것이다. 여자친구도 없이 여러모로
칙칙한 대학생활을 하고 있는 쪽은 지금 헐레벌떡 뛰어와서 자기
옆에 함께 서 있는 현우도 마찬가지였다. 무엇보다 자신과 함께
다니지 않는가? 현우가 만약 잘나가는 대학생이라고 할 것 같으
면 자기 같은 소심남 아웃사이더와 어울려 다닐 이유가 없을 것
이다. 갑자기 민욱은 헛웃음을 터트렸다. 민욱을 보며 현우가 물
었다.

"뭐야? 뭔데 날 보며 실실 쪼개? 기분 나쁘게."

반쯤 농이 담긴 현우의 말이었다. 민욱은 현우의 뺨을 둑둑 치
며 한마디 던졌다.

"에이, 불쌍한 자식!"

현우는 어이가 없다는 듯 고개를 한쪽으로 살짝 돌렸다가 다
시 민욱을 바라보며 거세게 대꾸했다.

"허참! 어이가 없네. 내가 불쌍한 자식이면 넌 완전 울트라, 초
뽕빨, 아프리카 난민급 불쌍함이다."

현우의 말에 민욱은 한숨부터 나왔다. '에휴, 너나 나나 여자친
구가 있으면 그게 더 이상한 일이지. 대학생이 초뽕빨이라니. 언
제적 초딩이나 쓰는 어휘를…'이라고 생각하며 아무런 대꾸도 하
지 않은 채 민욱은 성큼성큼 경영본관 안으로 들어갔고 현우는

"같이 가!"를 외치며 민욱을 뒤따랐다.

두 사람은 강의실 문을 조용히 열고서 허리를 90도로 숙인 채 교수님의 심기를 건드리지 않으려는 조심스러운 자세로 빈자리를 향해 종종걸음을 걸었다. 빈자리에 함께 앉은 둘은 마케팅원론 책을 꺼내기 시작했다. 수업 시간은 꽤나 잘 흘러갔다. 그래도 마케팅원론은 경영학과 수업 중에서는 제법 들을 만한 수업이었다. 회계학이나 통계학 수업을 들을 때면 그야말로 별나라 얘기 같았기 때문이다. 어느새 수업은 마쳤고 두 사람은 함께 커피나 한잔 마시러 교내에 있는 스타벅스로 향했다. 그러던 중, 현우의 핸드폰이 울리기 시작했다. 모토로라의 검정색 폴더폰 스타택을 척하고 꺼내든 현우는 핸드폰에 뜬 번호를 보더니 반가운 표정을 지으며 전화기를 귀에 가져갔다. 핸드폰 볼륨이 다소 크게 잡혀 있었는지 민욱의 귀에도 둘의 대화가 들리는 듯했다. 여자 목소리였다. 통화를 마친 현우가 득의양양한 표정으로 민욱을 바라보며 쐐기를 박듯 한마디를 날렸다.

"어~ 민욱아, 미안한데 커피는 다음에 마시자. 나 지금 약속이 생겨서."

"뭔데, 누구야? 소개팅했어? 여자 같던데?"

"크크크, 지금 말해주기 어렵고 다음에 소개해줄게. 아직은 조심스러워서 말이야."

현우의 말에 민욱은 약간 당혹스러움을 느꼈다. '이녀석, 정말로 나 몰래 소개팅이라도 했나 본데? 아! 초뽕빨이라는 초딩 어휘를 쓰는 이런 유치한 녀석마저도 나보다 먼저 여자가 생기다니 …. 정말 난 자살이라도 해야 하는 걸까?' 이런 생각을 하고 있을 찰나 현우는 어느새 저만치서 민욱을 향해 손을 흔들고 있었다.

"안녕, 내일 봐!"

현우의 마지막 인사가 민욱으로서는 참으로 어이가 없었다.

'저 사악한 자식! 의리도 없는 녀석! 도대체가 이따 저녁때 다시 보자는 것도 아니고 내일 보자니! 그러면 오늘 저녁밥은 나 혼자 먹으라고?'

민욱은 주머니에서 담배 한 개비를 꺼내 들었다. 도서관 맞은편에 있는 등나무의자 앞에는 친절하게 재떨이가 세워져 있었다. 흡연자의 영역이 점점 더 쪼그라들고 있었다고는 하나 뉴밀레니엄의 시작점이었던 2000년은 그래도 흡연자를 위한 최소한의 배려가 아직은 남아있던 시절이었다. 민욱은 혼자 쓸쓸히 담배를 피웠다. 딱히 어디로 가야 할지 거취를 정하지도 못했다. 대략, 이 등나무의자에 몸을 의탁한 채 죽치고 있다가 다음 수업이나 들어가야겠다는 생각마저 들었다. 하지만, 이 생각을 실천에 옮긴다면 무려 1시간 정도는 이곳에 있어야 한다는 것인데 1시간 내내 혼자서 앉아 있다는 것도 결코 쉽지 않은 일이었다. 현우마저 여자친구가 생긴 것이라면 민욱은 정말 망망대해의 외로운 돛단배 신세가 될지도 모를 일이었다. 민욱은 이내 고개를 좌우로 흔들며 자신도 모르게 '안돼!'를 크게 외쳤다. 이때 무언가 민욱의 뒤통수를 '퍽!'하고 치고 지나갔다. '뭐야?!' 하며 고개를 돌리니 주홍색 농구공 하나가 데구르르 하고 굴러다니고 있었다. 이내 뒤에서 한 남자의 목소리가 들려왔다.

"어~ 미안!"

진심이라고는 1% 도 느껴지지 않는 무미건조한 목소리가 들려오는 쪽으로 민욱은 고개를 돌렸다. 그곳에는 같은 과 한 학년 선배인 승현 선배와 같은 과 동기 여학생 주희가 서 있었다.

"주희랑 농구공으로 장난을 하다가 실수로…."

이렇게 흘리듯 말하고는 승현은 그다지 민욱의 대답은 들으려고도 하지 않은 채 공을 주우러 휙 하고 옆을 스쳐 지나갔다.

"민욱아, 미안. 내가 오빠가 던지는 공을 잘 못 받아서 그렇게 됐어."

주희가 민욱에게 자초지종을 다소나마 설명해주었다. 그때, 승현이 외치는 목소리가 들려왔다.

"주희야, 뭐해? 빨리 와!"

승현의 말에 주희는 민욱과 승현을 번갈아 보며 주춤하는 듯하더니 이내 승현쪽으로 성큼성큼 걸어가 버렸다. 승현 선배는 대놓고 민욱의 기분 따위는 아랑곳하지 않는 듯했고 주희도 그 정도는 아니긴 하였으나 승현 선배 때문인지는 몰라도 실수한 사람의 태도로는 별로 적절치 않아 보였다. 민욱은 자신이 경영학과 내에서 아웃사이더이다 보니 이들이 자기를 무시하고 있다는 생각이 들었다. 반면, 승현은 현재 경영학과 내에서 가장 인기가 많은 인싸[1] 중의 인싸였다. 일단, 아버지가 잘나가는 병원장으로서 무려 3개의 병원을 가지고 있었고 그에 걸맞게 승현이 사는 곳은 강남의 대표적인 부촌에 있는 유명 아파트였다. 승현이 학교에 올 때면 늘 벤츠 C클래스를 타고 오는데 그것이 승현의 집에서 가장 저렴한 자동차였기에 막내! 승현이 타고 다니는 거리는 이야기는 아싸[2]인 민욱의 귀에까지 들려올 정도였다. 평범한 자신과 부유한 승현의 차이 때문일까? 이렇다 할 반발을 시도해 볼 엄두조차 나지 않는 것이 솔직한 민욱의 심정이었다. 사실, 민욱의 마음을 더욱 아프게 한 것은 주희의 반응이었다. 주희의 사과가 별로 정성이 담겨 있다고 느끼지 못했던 민욱은 마음 한구석이 칼로 베이는 듯한 느낌이었다. 오주희! 그녀는 경영학과에서 최고의 미모를 자랑하는 학생이었다. 백인에 준하는 하얀 피부를 가지고 있는 그녀에게서는 늘 아름다움의 아우라가 뿜어져

---

1) '인사이더'를 이르는 말.
2) '아웃사이더'를 이르는 말.

나왔다. 청순함. 이것은 마치 연약함을 의미하는 것 같지만 사실 남자의 마음을 사로잡아 노예로 만들어 버리는 그런 강력한 힘을 의미한다고 보는 것이 더 맞을 것이다. 긴 생머리를 휘날리며 새하얀 피부에 청순한 표정으로 누군가를 바라보는 주희의 자태란…. 신입생 오리엔테이션에서 주희를 처음 보았을 때 민욱은 숨이 막혀오는 듯했다. 그녀와의 풋풋한 러브스토리를 혼자서 상상해보기도 했다. 하지만 새 학기가 시작하고 오래 지나지 않아 승현 선배와 주희는 과에서 유명한 캠퍼스커플이 되어 있었던 것이다. 어쨌거나, 민욱은 더 이상 그 자리에 앉아 있을 맛이 나지 않았다. 아니, 다음 수업도 별로 듣고 싶지 않았다. 혼자서 도서관에 짱박혀 책이나 읽어야겠다고 생각하는 민욱이었다. 나름 민욱은 책을 즐겨 읽는 독서가였다. 로마의 키케로도 결단력이 부족한 우유부단한 사나이였다던가? 하지만 그의 지성이 그를 당대 최고의 영향력을 가진 정치적 인물로 만들지 않았던가? 민욱은 소심한 자신의 성격을 잘 파악하고 있었지만, 다른 사람보다 더 많은 지식을 머릿속에 집어넣게 된다면 자신도 키케로처럼 당대 최고의 지식인으로서 굵직한 영향력을 발휘하는 그런 인물이 충분히 될 수 있다는 희망을 내심 간직하고 있었다. 지적 역량이 부족한 자의 망설임은 그야말로 단점 뿐이겠지만 지적역량이 풍부한 사람의 망설임은 진중함이라는 장점이 되어줄 것이라는 민욱의 신념. 이러한 생각은 민욱으로 하여금 꾸준한 독서를 실천하게 해주었고 그래서 사실 민욱은 과에서 아웃사이더로 있는 것이 꼭 나쁘지만은 않다는 생각을 은근히 가지고 있기도 했다.

어느새 도서관에 도착한 민욱은 경영학쪽 서가로 가는가 싶더니 갑자기 심리학 쪽 서가로 발길을 돌렸다. 연애지침서라도 읽어서 여자의 마음을 알아채는 능력을 키울 필요가 있다는 생각이 문득 들었기 때문이다. 오늘 보았던 승현선배와 주희, 자기는 마음속으로 흠모하면서도 제대로 말도 부치지 못할 정도로 아름다운 그녀를 너무나 스스럼 없이 너무나 쉽게 함께하는 승현 선배를 보았기 때문일까? 최소한 연애지침서라도 읽지 않으면 안 되겠다는 조급한 생각에 사로잡힌 민욱이었다. 남녀 심리에 관한 책을 3~4권 정도 뽑아 창가 쪽 자리로 와서 털썩하고 앉으며 의자에 완전히 등을 기댔다. 한 권씩 속독으로 내용을 읽어나갔다. 시간이 얼마나 흘렀을까? 서서히 책에 빠져들며 정독으로 전환하려는 찰나 바깥에서 갑자기 요란한 소리가 들려오기 시작했다. 자신도 모르게 미간을 찌푸리며 창밖으로 눈을 돌렸다. 그곳에는 약 십여 명의 남녀가 모여 박수를 치며 노래를 부르고 있었다. 그 무리 한가운데에서 누군가 열심히 기타를 치고 있었는데 민욱은 그만 깜짝 놀라고 말았다. 열심히 기타를 치고 있는 사람

은 바로 현우였다. 분명, 어떤 여자의 전화를 받고서 서둘러 가버
린 현우가 지금 도서관 앞에서 기타를 치고 있는 것이었다. '쟤가
지금 뭐하고 있는 거야?'라고 생각하며 민욱은 유심히 그 광경을
지켜보았다. 노랫소리가 서서히 귓속으로 파고들어왔다. 경쾌한
멜로디의 곡이었다.

♪

주 우리 아버지~ 우리는 그분의 자녀~
예수 우리 형제 손에 손잡고
하나 되어 함께 걸어가리~

♫

이런 가사가 박수 소리와 함께 들려오고 있었다. '이것이 바
로 교회에서 한다는 찬양이라는 것인가?'라는 생각이 민욱의
머릿속을 스치고 지나갔다. 갑자기 현우의 우렁찬 목소리가 들
려왔다.

"자! 다 같이 주의 은혜를 생각하며 더 열심히 찬양합시다! 할
렐루야!"

현우는 이렇게 외치더니 더욱 열정적으로 통기타를 연주하기 시작했다. 노래는 어느새 2절을 지나 다시 한번 후렴구까지 도달한 듯 보였다.

♪

주께 찬송해 탬버린으로~

♬

십여 명의 무리가 이렇게 부르자 "탬버린! 탬버린!" 하고 외치는 현우의 목소리가 뒤따랐다. 왠지 민망함은 민욱의 몫인 것 같았다. 그런데 한 가지 이상한 것이 있었다. 민욱이 알기로는 분명 현우는 불교신자였던 것이다. 하지만 지금 이 광경은 대체 뭐란 말인가? 게다가 이런 식의 찬양에 익숙지 않은 민욱으로서는 그저 손발이 오그라들 뿐이었다. '이런, 미친 새끼! 더구나 도서관 앞에서…. 쪽팔리지도 않나?' 이렇게 생각하는 민욱은 행여나 창 쪽에 있는 자기 얼굴이 현우에게 보일까 염려되어 책을 들고서 열람실 안쪽 깊숙한 자리로 가버렸다. 바깥에서 계속되는 한바탕 난리통이 끝나고 나면 바로 현우에게 전화를 걸어 대체 어찌 된 일인지 물어볼 심상이었다. 대답 여하에 따라서는 절교 선언이라도 해야 하는 것은 아닌지 민욱은 심각하게 고민하지 않을 수 없었다. 깊숙한 자리에 앉았어도 창밖의 소리는 언뜻언뜻 들려왔다. 대략 30분쯤 찬양이 이어지더니 갑자기 '아버지, 아버지!'를 외쳐대면서 기도가 시작되었다가 어느새 잠잠해졌다. 민욱의 눈은 책의 글자를 따라가고 있었지만 머릿속에는 '쪽팔려!'라는 세글자만 반복해서 떠오르고 있었다. 단짝 친구인 현우가 자기도 모르게 이런 짓을 하고 다녔다니! 언제부터일까? 얼마 전까지만 해도 손목에 작은 염주를 차고 있었던 것 같았는데? 갑자기 예수 찬양이라니? 아무튼, 이런 행동에 대해 납득할 만한 답을 주지 않는다면 쪽팔리는 짓을 하는 사람과 더 친구 관계를 지속할 수는 없다는 것이 민욱이 내린 결론이었다. 하지만, 현우와 절교를 하게 되면 정말 친구 하나 없는 대학생활을 하게 될지도 모른다는 불안감이 곧바로 민욱에게 엄습해왔다. 아웃사이더로서의 자신의 처지가 새삼 처량하게 느껴지는 민욱이었다.

"제에길!"

그 사람을 소개시켜 줄게

"야! 미쳤냐?"

"뭐가?"

민욱의 뜬금없는 말에 현우는 황당하다는 표정을 지으며 답했다. 학교 중앙광장 지하에 있는 스타벅스에는 점심을 먹은 이후 커피 한잔 하려고 온 학생들이 삼삼오오 자리잡고 있었다. 민욱은 어제 도서관에서 보았던 현우의 기행에 대해 추궁하기로 단단히 마음을 먹고서 그를 이곳으로 불러낸 것이었다. 현우의 이상한 행동은 과 내에서 온통 소문이 날 것이고 그러면 현우와 단짝 친구로 지내는 자신의 이미지도 훼손될 것이라는 위기감에 민욱은 이 문제를 짚고 넘어가지 않을 수 없었다. 어제 일에 대한 민욱의 질문에 현우는 오히려 그런 걸로 이렇게 호들갑이냐는 표정을 짓는가 싶더니 '껄껄'하고 웃어댔다.

"아아, 그거 말이야? 크크크"

"'아아, 그거말이야, 크크크?' 네가 지금 그렇게 한가하게 웃으며 얘기할 때야? 도서관 앞에서 기타 치며 예수 찬양이라니! 그런 것은 어디 예배당에나 가서 할 것이지. 누가 백주대낮에 도서관 앞에서 기타 치면서 율동까지 해가며 그런 쪽팔리는 짓을 해? 게다가 너 불교라고 하지 않았어!?"

흥분 게이지가 잔뜩 차올라 얼굴까지 붉혀가며 추궁해 들어오는 민욱을 보며 현우는 더욱 크게 웃음을 터트렸다.

"푸하하하하!"

현우는 앞에 두었던 아이스아메리카노를 한모금 마신 뒤 천천히 입을 열었다.

"야, 너말대로 나 원래 불교 맞아. 근데 말이야, 불교는 도움이 안 되더라구."

현우의 뜻밖의 말에 민욱은 영문을 모르겠다는 표정으로 되물었다.

"뭐에 도움이 안 된다는 건데? 네 영혼 구원에?"

민욱의 말에 현우는 집게손가락을 좌우로 흔들어대며 혀를 차댔다.

"쯧쯧쯧쯧, 그런 게 아니고 말이야…"

잠시 뜸을 들이던 현우는 씨익하고 웃으며 덧붙였다.

"여자 사귀는데 도움이 안된다는 거지."

뜻밖의 말에 민욱은 이해가 되지 않는다는 표정으로 재차 물었다.

"여자 사귀는데 도움이 안돼?"

"그렇지. 생각해 보니 내가 불교라고 해도 특별히 절에 가는 것도 아니고 또 절에 간다 한들 적막한 산속에 홀로 부처님 얼굴 보다가 오는 것이 다인데 이래서야 종교활동을 해봤자 내게 도움이 안되잖아. 극락이든 천국이든 난 모르겠고 종교활동도 일단 현세에서 도움이 되는 것이 내게 더 낫겠다 싶어서 종교를 바꿔 보기로 했어. 뭐, 종교를 바꿨다기 보다는 새로운 종교활동을 잠깐 해보기로 한 것이지. 기독교로 말이야. 교회에 나가도 여자들이 바글바글, 이렇게 학교의 선교동아리에 가입해도 여자들이 바글바글. 그리고 이 종교는 불교와 달리 활동적이잖아? 같이 기타 치며 노래도 하고, 때로는 큰 교회에서 CCM[3]가수를 불러다가 하는 부흥회 같은 데 같이 가기도 하고 이래저래 여자들과 같이 무언가를 할 수 있는 건수가 가득하다는 거지. 그래서 잠깐 예수를 찬양해보기로 했어."

현우의 뜻밖의 말에 민욱은 어안이 벙벙해졌다. 한심하다면 한

---

3) 기독교 음악. 찬송가와는 달리 대중가요처럼 느껴지는 것이 특징이다.

심한 이야기였지만 일리가 있다면 일리가 있는 말이기도 했다. 순간 아무 말도 하지 못하고 있는 민욱을 보며 현우는 은근한 웃음을 지으며 속삭이듯 민욱에게 한마디 더 덧붙였다.

"사실 말이야, 내 생각은 아니고 이게 말이지…."

여기까지 말하던 현우는 시치미를 떼듯,

"아니다. 내가 이런 말 해서 뭐하겠니? 아무것도 아냐."

하며 말을 끝맺어 버렸다. 민욱은 이런 현우를 보며 재촉하듯 물었다.

"뭐? 왜 말을 하다 말아? 짜증나게!"

"크크크, 그러면 이 형님께서 네게 도움되는 정보를 하나 던져 주실까?"

"대체 뭔데 그래?"

민욱은 갑자기 현우가 무슨 말을 하려는지 무척이나 궁금해졌다.

"솔직히 불교에서 기독교로 바꿔서 여자를 찾아보려는 이러한 전격적인 발상의 전환은 나 스스로 한 것이 아냐."

"그런게 뭐 전격적인 발상의 전환씩이나 되나?"

다소 심드렁한 민욱의 말에 현우는 두 눈을 크게 뜨며 반문했다.

"야! 그러면 넌, 대학들어와서 여친 한명 사겼으면 좋겠다는 생각만 했지, 뭐 전략적인 행동을 한 적이 있냐?"

현우의 말에 민욱은 별다른 반박을 하지 못했다. 게다가 처음에는 황당하게만 느껴졌던 현우의 이야기가 곰곰이 생각해 볼수록 어딘가 그럴듯한 방법이라고 느껴지기도 했다. 호랑이를 잡으려면 호랑이 굴에 가야 하듯 여친을 만들려면 여자가 많은 곳으로 가야 하지 않겠는가? 더구나, 승현 선배처럼 누가 봐도 잘생긴 외모와 빵빵한 조건을 갖추고 있다면야 근처에 여자가 한 명만 있어도 그녀가 나의 것이 되겠지만 그렇게 잘생긴 것도 아니고 소위 강남에 사는 부잣집 아들도 아닌데다가 무엇보다 문제는 여자 앞에만 있으면 갑자기 얼어버려서 별다른 말도 하지 못하는 캐릭터를 가지고서는 무언가 확실한 외부 조건을 만들지 못하면 여자를 결코 사귀지 못할 것이라는 슬픈 사실을 부인할 수만은 없는 민욱이었다.

"그러니까, 현우 네가 지금 말하는 건, 기독교동아리에는 여자들이 많고 같이 종교활동을 하다 보면 자연스럽게 친해질 기회가 있고 그러다 보면 여자친구가 생기기 쉬울 것이라는 그 이야기인 거지?"

"그렇다니까. 벌써 이런저런 일을 위해서 모여야 할 일들이 계속 생기고 있어. 뭐, 이번 주에 무슨 무슨 교회에서 열리는 수요 부흥회를 가자든가, 혹은 주말에 어려운 사람들에게 식사 배식해주는 봉사활동에 함께 가자든가 혹은 곧 있을 동아리MT, 아!

여기서는 수련회라는 표현을 더 많이 쓰더라. 암튼, 그 수련회 장소를 함께 물색하러 가보자든가 하는 것들 말이야. 보다 보면 정든다고 이래저래 기회가 생긴다니까? 게다가, 교회 다니는 여자들은 남자가 같은 종교를 가지는 것을 아주 중요하게 생각하지. 즉, 아무리 잘 생겼다고 해도 교회를 안 다니는 그런 남자라면 이미 그녀들의 기준에서는 탈락이니까 이것만 해도 확률이 확 올라가지 않냐?"

현우의 말을 잠자코 듣고 있던 민욱은 어렵사리 입을 열었다.

"그럼, 나도 한번 너네 동아리에 나가 볼까? 정확한 동아리 이름이 뭐야?"

민욱의 말에 현우는 뜻밖의 반응을 보였다.

"어허! 너는 여기 오면 안 되지. 한창 내가 작업 중인데. 굳이 내가 경쟁자를 추가할 이유가 어디 있냐?"

"뭐?! 그러면 지금까지 내게 계속 떠들어 댄 건 뭔데? 그냥 자랑한 거냐? 여친도 아직 생긴 것도 아니면서?"

다소 격앙된 듯한 민욱의 반응에 현우는 재미있다는 듯 미소 짓더니 나직이 대답했다.

"흐흐흐, 야! 친구 좋다는 게 뭔데? 내가 뭐 너에게 실없는 소리나 하려고 얘기했겠어? 아까 내가 말했잖아. 이건 내 생각이 아니었다고. 내게 이런 전략을 알려준 사람이 있지. 그 사람을 네게 소개시켜 줄게. 그리고 너는 그 사람으로부터 너만의 방법을 새롭게 전수받도록 해."

민욱은 현우가 대체 누구를 소개시켜 주겠다는 것인지 감이 잡히지 않았다. 더 이상 이성적인 판단을 포기하는 것이 차라리 속 편할지도 모른다고 생각하는 민욱, 그런 민욱의 마음을 아는지 모르는지 현우는 그저 헤죽헤죽 웃으며 자신의 아아[4]를 빨대를 통해 시원하게 빨아대고 있었다.

---

4)   아이스 아메리카노

기타사나이

민욱은 현우를 따라 '우리 학교에 이런 곳이 있었나?' 하는 생각이 들게 하는 그런 후미진 곳까지 들어왔다.

찌~~~~~~이~~~~~이~~~~~~잉~~~~~~♪

운동장 끄트머리 가장 구석에 있는 컨테이너 하우스 안에서부터 귀를 찌르는 듯한 일렉기타 소리가 흘러나오고 있었다. 현우는 컨테이너 하우스 쪽으로 살금살금 걸어가더니 조심스레 문을 열고서 얼굴만 안으로 쏙 하고 집어넣었다. 민욱은 괜시리 뻘쭘함이 느껴져 짝다리를 짚고서 휙휙 고개를 돌리며 좌우를 번갈아 돌아보고 있었다. 어느새 일렉기타소리가 멎더니 누군가의 목소리가 들리는 듯했다. 고개만 넣고 있던 현우는 뒤돌아 민욱을 보며 속삭이듯 말했다.

"야, 들어오래!"

민욱은 휙 하고 들어간 현우의 뒤를 따라 컨테이너 하우스 안으로 들어갔다. 그곳에는 드럼, 기타, 키보드 그리고 스피커와 엠프, 마이크 등이 있었고 머리가 긴 어떤 사람이 일렉기타를 메고 서 있었다. 긴 머리의 그 남자는 민욱과 현우를 번갈아 보더니 아무 말도 하지 않은 채 다시 기타 연주를 시작했다. 어떤 곡인지는 알 수 없었으나 어디서 들어본 듯한 시끄러운 곡이었다. 민욱은 밴드부 동아리가 학교의 가장 귀퉁이 쪽 컨테이너 하우스에서 연습한다는 사실을 오늘에야 처음 알았다. 긴 머리의 남자는 '찡~ 찡~' 소리를 내며 한동안 연주를 하는가 싶더니 이내 기타를 내려놓으며 드디어 입을 열었다.

"하~ 불쌍한 녀석이 또 한 명 찾아왔구만…."

뜬금없이 이렇게 내뱉은 긴 머리 남자는 짐짓 심각한 표정을 지으며 천장을 바라보았다.

'불쌍한 녀석?' 민욱은 기타사나이의 말이 다소 거슬리게 들렸으나 현우는 오히려 이 남자를 우러러보는 보는 것 같았다. 한동안 천장을 응시하던 기타사나이는 다시금 천천히 입을 열었다.

"오~ 현우! 무슨 일인지 물어보지 않아도 알 것 같아. 내가 이러지 말라고 하지 않았던가?"

기타사나이는 말을 하는 와중에도 도무지 듣는 사람의 눈을 맞추기는커녕 어딘가 다른 곳을 주시할 뿐이었다. 시선을 창밖으로 돌린 채 마치 창문에다 이야기하는 듯한 그의 모습을 보고 있노라면 민욱은 그저 중2병에서 벗어나지 못한 자기애의 화신을 오랜만에 만났다는 생각만 들 뿐이었다. '대화를 할 때는 눈을 보면서 하란 말이야, 자식아!'를 외치며 물리력을 동원해 참교육을 하는 상상이 자연스레 머릿속에서 그려졌다. 하지만 현우는 이 남자의 태도에 아무런 거부감이 없는 듯 그저 그의 안색을 살피며 조심스레 이야기를 이어갈 뿐이었다.

"그, 그러니까, 선배님. 저를 도와주시는 김에 이 친구도 좀…."

"시끄러! 내가 그렇게 해야 할 이유가 어디에 있는 거지?"

현우의 말을 가로막으며 일갈하는 기타사나이였다. 어쩐지 구어체라기보다는 문어체처럼 느껴지는 독특한 말투였다.

"무, 물론, 그렇게 말씀하시면 제가 할 말은 없지만…"

기타사나이를 대하는 현우의 저자세가 별로 마음에 들지 않았던 민욱은 현우의 손을 잡으며 말했다.

"야! 가자, 대체 여기서 뭐하는 거야?"

하지만, 현우는 그런 민욱을 보며 오히려 나무라듯 말했다.

"야! 내가 널 위해서 이러는 거 안 보여? 잔말 말고 어서 꿇어."

이렇게 말하며, 민욱의 어깨를 꾹꾹 눌러대기 시작했다. 이쯤

되자 민욱은 상당히 곤혹스러웠다. '대체, 애가 왜 이러지?'라고 생각하는 찰나, 현우는 이내 몸을 돌리더니 기타사나이 앞에서 자신이 먼저 무릎을 꿇는 것이 아닌가? 흡사, 조선시대, 왕에게 상소문을 올리며 간절한 마음을 담아 읍하는 충신과도 같은 모습이었다. 기타사나이는 현우를 바라보다가 고개를 좌우로 흔들더니 입을 열었다.

"후… 현우! 일어나. 이게 지금 뭐 하는 짓이야?"

그러면서 가까이 다가와 현우를 일으켜 세우는 기타사나이였다. 민욱은 이러한 광경을 바라보며 '대체 이 사람이 누구길래 현우가 이렇게 까지 하는 걸까?' 하는 생각에 점점 빠져들었다. 갑자기 기타사나이가 다시 기타 연주를 하기 시작했다. 한참 동안 현란한 기타 사운드가 흘러다니던 컨테이너 하우스는 이내 다시 조용해졌다. 그러더니 기타사나이는 기타를 내려놓고서 입을 열었다.

"내가 바로 그 유명한 96학번의 전설, 기타의 신 오우혁이다!"

민욱은 기타사나이, 그러니까 오우혁을 멀뚱멀뚱 쳐다보고 있었다. 약간의 정적이 흐른 후, 우혁이라는 이 남자가 조심스레 말했다.

"너… 나 몰라?"

당혹해하는 우혁의 질문에 민욱은 다소 황당한 표정을 지으며 대답했다.

"제가 이름을 알아야 하는 특별한 이유가 있나요?"

이때 현우가 다급히 끼어들었다.

"선배님, 애가 실은 아웃사이더라서요. 저 말고 친구가 없다 보니 뭘 잘 몰라요."

현우의 말에 괜시리 기분이 상하는 민욱이었다.

"이런, 이런, 참으로 오랜만에 자기소개라는 걸 해야겠구만."

우혁은 이렇게 말하며 구석에 아무렇게나 놓여있던 플라스틱 의자를 가져와 털썩 하고 앉았다.

"너희들도 앉아!"

이렇게 덧붙이는 우혁의 말에 민욱은 '대체 어디에 앉으라는 거지?'라는 생각으로 현우 쪽으로 고개를 돌렸으나 이미 현우는 바닥에 털썩하고 엉덩이를 붙이고 있었다. 민욱도 현우를 따라 얼른 바닥에 착석했다. 우혁은 담배를 한 개비 주머니에서 꺼내 물더니 현우와 민욱에게 권하듯 담배곽을 앞으로 갖다대었으나 두 사람 모두 별다른 반응을 보이지 않자 다시 주머니에 그것을 집어넣었다. 그리고 불을 붙인 뒤 연기를 길게 뿜고는 서서히 자기소개를 시작했다.

주희의 방에서

"그게 정말이야, 오빠?"

주희는 깜짝 놀라며 승현을 바라보았다. 주희의 자취방 한쪽에 크게 자리 잡은 침대에 승현은 익숙한 듯 주희를 안은 채 누워 있었다. 공강 시간을 틈타 주희의 자취방에서 태초의 모습으로 돌아가 함께 누워 쉬는 것은 승현에게는 꽤나 달콤한 휴식의 순간이었다. 승현은 주희의 매끄러운 등을 쓰다듬듯이 위아래로 매만지며 다른 손은 침대 옆 탁자에 올려둔 담배를 집기 위해 쭈욱 하고 뻗었다. 그리고는 입으로 가져가 담배를 무는 찰나, 주희가 그것을 뺏고서는 침대 바깥으로 휙 하고 던져 버렸다.

"안돼! 우리 집에서 담배 안 피우기로 했잖아?"

주희의 가벼운 지적에 승현은 멋쩍은 웃음을 지으며 대꾸했다.

"그랬었나?"

주희는 두 눈을 동그랗게 뜬 채로 승현을 바라보며 말했다.

"아까 하던 '기타의 신' 이야기나 계속해줘, 오빠."

"우리 학교 기타의 신!"

승현은 고개를 끄덕이며 다시 입을 열었다.

"워낙 이 사람에 대한 에피소드가 많아서 말이야. 학교 전설로는 유명하지. 네가 아직 모르고 있다는 것이 이상할 정도이니만치."

승현의 말에 주희는 호기심 가득한 표정으로 그의 얼굴을 바라보았다.

"너 그 책 알지? 최근까지 계속 베스트 셀러를 기록하고 있는 『해왕성에서 온 남자, 명왕성에서 온 여자[5].』 그것도 기타의 신이 공동 저자로 있잖아. 기타의 신이 심리학과 학생이었는데 그때 전공수업 레포트로 남녀 심리에 대한 주제를 썼던 거야. 그런데 그게 내용이 상당히 괜찮았던 거지. 그래서 교수님이 자신이 쓰고 있던 책에 기타의 신의 레포트 내용을 넣었고 그래서 그 책에 공동 저자로 실리게 된 거야."

"아~! 그래? 그럼 검색하면 이름 나오겠네."

"그렇긴 한데, 그거는 본명이 아니고 필명이래. 책 저자 검색하

---

5) 존 그레이의 책 『화성에서 온 남자 금성에서 온 여자』를 패러디한 가상의 제목.

면 교수님 이름하고 오혁이라는 이름이 뜨는데 오혁은 필명이라고 하더라구. 실명이 뭔지는 나도 잘 몰라. 사람들이 다들 그냥 오혁이라고 부르는 것 같아."

승현의 이야기를 듣던 주희는 갑자기 손뼉을 마주치며 말했다.

"그럼, 그 사람 연애 되게 잘하겠네. 그런 책을 쓸 정도이니. 여자 심리를 잘 안다는 거잖아."

"아마도? 뭐, 그런 책을 보면서 연애를 배우려 드는 사람이야 연애쩡이겠지만 그런 책을 쓰는 사람 자체는 뭐, 자신이 있으니까 쓰는 거겠지? 게다가 기타의 신은 말 그대로 기타를 워낙 잘 치기 때문에 그것만으로도 이미 인기가…."

"그 사람이 그렇게 기타를 잘 쳐?"

"뭐, 아무튼 밴드부에서 기타를 맡고 있으니 잘 칠 테고 주위 사람들이 기타의 신이라고 별명을 붙여 줬으니 엄청 잘 치겠지. 나도 그 사람을 직접 본 적은 없고 학교에서 전설처럼 돌아다니는 이야기로만 들어봤기 때문에 실제 연주는 들어보지 못했어."

이렇게 말하던 승현은 은근슬쩍 손을 뻗어 다시 담배 한 개비를 집어든 뒤 입으로 가져갔다. 주희는 어림없다는 듯 바로 승현의 입에서 담배를 뺏어 들고서는 다시 침대 바깥쪽으로 휙하고 던져버렸다. 그리고 주희는 승현의 입술에 자신의 입술을 짙게 포개었다가 떼고서는 심통 부리듯 눈썹을 찌푸리며 말했다.

"담배 피우지 말라니깐."

승현은 애써 인상 쓰는 표정으로 자신을 바라보는 주희가 꽤
나 귀엽게 느껴졌다. 그런 주희를 지그시 바라보다 다시 말을 이
어 나갔다.

"어쨌거나 필명이 오혁이니까 오혁이라고 할게. 그 오혁이라는
우리 학교 선배가 그 책이 출간 된 뒤, 연애정보회사 같은 것을
차리게 돼. 정확히 얘기하면 법적으로 회사를 차렸다는 뜻은 아
니야. 그냥 친구들 사이에 연애상담을 해주었는데 아무래도 책
저자가 상담해 준다는 얘기가 돌다 보니까 학교의 많은 학생들
이 알음알음으로 찾아와 너도나도 상담요청을 했고, 처음에는
밥이나 한 끼 얻어먹으며 해주던 것이 마치 결혼정보회사처럼 약
간의 돈을 받으며 연애 전략을 본격적으로 컨설팅 해주게 된 거
지. 아무튼 이게 학내에서는 뭔가 센세이션을 일으키는 바람에
학생들끼리는 오혁선배가 '움직이는 연애정보회사'라는 얘기들을
하게 된 거야. 돈도 꽤 짭짤했다던데."

"오, 대단한데?!"

"그렇지, 대단한 사람이지. 근데 말이야, 안타깝게도 오혁은 지
금 이 세상에 없어."

갑작스런 승현의 말에 주희는 깜짝 놀라며 목소리를 높였다.

"뭐? 그럼 죽었다는 거야?"

"응, 그 사건에 휘말려…."

주희는 더욱 궁금하다는 표정을 지으며 두 눈을 동그랗게 뜨며 말했다.

"그 사건?"

승현은 어느새 주희의 침대에서 일어나 널브러진 옷가지들을 챙겨 주섬주섬 입기 시작했다.

"이제 슬슬 수업 들으러 가야겠다. 공강 시간도 거의 끝나가네."

승현의 말에 주희는 다시 한번 심통 가득한 표정을 지으며 말했다.

"뭐야, 그렇게만 말하고 가버리면 반칙이지."

"아~ 나도 자세하게 아는 건 아니고 그냥 들은 얘기다 보니 대략적으로만 아는 거야. 별건 아니고 뭐, 교통사고가 났다던가?"

"사건에 휘말렸다며…."

"그러니까, 그 당시에 뉴스에도 났던 사건인데. 학교 앞에서 어떤 남자가 소매치기범 쫓아가다가 사고 난 거 말이야."

"아! 그 뉴스 나도 고등학교 때 라디오로 들어본 적 있어. 한국 대학교 앞에서 소매치기범 쫓다가 학생이 교통사고로 죽었다는 그 사건."

필 쏘 굿(feels so good)!

　우혁의 자기소개를 열심히도 듣고 있는 민욱과 현우였다. 처음
에는 다소 이상하게 보였던 기타사나이였으나 어느새 아무런 위
화감 없이 그의 말에 빠져들고 있다는 것을 미처 알지 못하는 민
욱이었다. 우혁은 플라스틱 의자에 앉아 있었고 민욱과 현우는
여전히 바닥에 앉아 있었다. 민욱은 우혁을 올려다보며 입을 열
었다.

　"그러면 선배님은 현우와는 어떻게 아는 사이인가요?"

　"응? 현우가 말 안해줬나?"

　우혁은 담배 한 개비를 더 꺼내어 입에 물었다가 그냥 마음이
바뀌었는지 다시 담배곽 안으로 집어넣었다. 이미 담배는 연달아
두 개비를 핀 뒤였다.

　"내가 현우를 처음 만난 건…"

이렇게 우혁이 말을 꺼내려는 찰나, 현우가 다급히 말을 가로막으며 목소리를 높였다.

"잠깐, 선배님! 제가 이야기할게요."

현우는 잠깐 '흠흠!' 하며 목청을 가다듬더니 민욱을 바라보며 말을 이어갔다.

"사실, 대략 한 달 전, 그날은 내가 좀 취했던 날이었어. 고등학교 동창녀석이 소개팅을 해줘서 약간 썸타는 여자가 있었는데 그 여자에게 고백했다가 차인 날이었거든."

민욱은 '참으로 너답다.'는 표정으로 현우를 보았으나 현우는 개의치 않고 자신의 말을 담담히 이어갔다.

"게다가 그 전날에는 내가 응원하는 롯데자이언츠가 두산베어스에게 완전히 대패하기도 했어서 이미 짜증이 좀 나있었어. 너 내가 야구광인거 알잖아. 그런 상황에서 차이기까지 했으니 이래저래 짜증이 가득 차있었던 거지. 암튼, 나는 편의점에서 소주와 감자칩을 산 뒤 내 자취방으로 돌아와 초저녁부터 혼술의 세계에 들어갔던 거야."

현우는 자기도 모르게 슬픈 표정을 지었다. 전쟁에서 승리하면 전리품이 생기듯, 대학생만 되고 나면 저절로 될 줄 알았던 여자친구 사귀기가 이렇게 힘들 줄이야. 게다가, 막상 대학교에 들어와 보니 승현 선배처럼 키 크고, 잘생긴, 거기다 재력까지 빵빵한 사람들은 왜 이렇게 많은지… 별로 내세울 것이 없는 평범한 집에서 태어나 평범한 외모를 가졌다는 점에서 민욱과 현우는 서로 동병상련을 느끼고 있었다. 감출 수 없었던 현우의 쓸쓸한 눈빛은 사실, 민욱의 마음과도 같았다.

"갑자기 창밖에는 비가 내리기 시작했어. 난 한없이 울적해지며 기분이 완전히 다운되고 있었어. 하지만, 난 그러한 감정을 뿌리치고 무언가 나를 위해 어떤 행동이라도 하는 것이 정답이라고 생각했지. 그렇게 나는 우산을 들고 자취방을 나왔어. 그러고서는 학교 도서관으로 가서 심리학 책들을 모아둔 서가로 가 적당한 책을 고르기 시작했지."

민욱은 현우의 말을 들으며 속으로 '너도 어쩔 수 없이 연애지침서 같은 걸 찾아보는구나.'라는 생각을 하였으나 굳이 입 밖으로 내뱉지는 않았다. 현우의 이야기는 계속되고 있었다.

"나는 그곳에서 『해왕성에서 온 남자, 명왕성에서 온 여자』라는 책을 우연히 꺼내들게 되었지. 그리고 대략 읽어보았는데 꽤 괜찮아 보이더라구. 그래서 이 책을 읽으며 여자의 심리를 파악해야겠다고 생각했지."

찌이이잉~~♪

우혁이 갑자기 팔을 휘저으며 일렉기타의 현을 튕겼다. 표정은 어딘가에 심취한 듯했다. 현우는 잠깐 우혁의 그런 모습을 보는 듯하더니 이내 말을 이어갔다.

"비가 내리는 밤이란 어딘가 확실히 사람의 감성을 흔드는 무언가가 있는 것 같아. 책을 대출한 뒤 바로 자취방으로 갈 수도 있었지만 난 어울리지도 않게 캠퍼스 안에 있는 스타벅스에서 커피를 테이크 아웃 한 뒤 우산을 받쳐 들고서 천천히 산책을 시작했지. 대출한 책은 습관적으로 메고 온 백팩에다 넣고서는 혼자 산책을 시작했어. 그동안 별로 가보지 않았던 학교 구석구석까지 다니며 정처 없이 그저 의식의 흐름에 따라 발걸음을 한 걸음씩 옮기고 있었던 거야."

민욱은 이렇게 말하는 현우를 보며 현우 역시 우혁 선배처럼 자기 스스로에게 심취해 있다는 느낌을 받았다. 익숙한 멜로디가 민욱의 귀에 은은하게 들려오기 시작했다. 우혁의 연주였다. 그리고 우혁이 나지막이 한마디 덧붙였다.

"이 곡이었지?"

현우는 우혁을 바라보며 반가운 웃음을 띠며 외쳤다.

"네! 척 멘지오니의 필 쏘 굿(feels so good)!"

민욱도 잘 아는 이 곡은 지금 우혁의 기타로 연주되는 중이었다. 원곡보다 한 템포 느린 박자로 일렉기타라고는 믿어지지 않을 만큼 여리고 부드러운 소리로 은은하게 컨테이너 하우스를 채워나갔다. 원래는 경쾌한 곡이었으나 우혁은 마치 슬픈 발라드처럼 이 곡을 연주하고 있었다.

"학교의 외딴곳 어딘가에 왔을 때, 그 외딴곳이 바로 이곳이긴 한데 비오는 그날 밤 은은하게 이 곡이 흘러나오고 있었지. 지금처럼 일렉기타 연주로 말이야."

현우는 민욱을 바라보며 그날의 이야기를 계속 이어나갔다.

현우가 우혁을 처음 만났던 바로 그날의 장면!

"저기…."

현우는 컨테이너 하우스의 문을 살짝 열고서 안으로 얼굴을 집어넣었다. 그리고 둘러보니 약간 곱슬기가 있는 긴 머리를 한 어떤 사람이 기타를 연주하고 있는 것이 눈에 들어왔다. 그는 현우의 얼굴을 보았으나 별로 아랑곳하지 않고 연주를 계속하고 있었다. 척 멘지오니의 '필 쏘 굿'을 느린 템포로 일렉기타를 가지고 은은하게 하는 그런 연주였다. 현우는 비가 내리는 바깥에서 어정쩡하게 서 있기가 뭐해서 슬쩍 한쪽 발을 넣는가 싶더니 용기를 내어 안으로 들어왔다. 그리고 한동안 그 남자의 연주를 지켜보았다. 약간 곱슬기가 있는 긴 머리를 틈틈이 쓸어 넘기며 연주를 끝낸 그는 일렉기타를 내려놓으며 현우 쪽을 바라보았다. 그러더니 한마디 툭 하고 던지듯 입을 열었다.

"연주를 즐겼으면 뭐, 손에 들고 있는 그거라도 좀 주지?"

뜻밖의 말에 현우는 깜짝 놀라며 자신의 오른손을 보았다. 거기에는 스타벅스에서 샀던 아메리카노가 들려있음을 새삼 깨달았다.

"아, 이거 제가 마시고 있던 거라…. 그리고 살 때는 뜨거웠는데 지금은…"

"상관없어!"

이렇게 말하며 기타사나이는 현우의 커피를 낚아챘다. 그러더니 음미하듯 커피를 한모금 마셨다.

"음, 이미 꽤나 식어있군."

이렇게 혼잣말을 하는가 싶더니 기타사나이는 이내 현우를 바라보며 물었다.

"짝사랑인 건가, 혹은 차인 건가?"

기타사나이의 뜻밖의 말에 현우는 두 눈을 동그랗게 뜨고서는 되물었다.

"예?"

기타사나이는 현우의 얼굴을 잠시 보다가 다시 말했다.

"내 말 맞잖아."

현우는 일순간 머릿속이 하얘졌다. 어떻게 자신의 속마음을 아는 것인지, 그리고 왜 초면에 다짜고짜 반말을 하는 것인지? 이미 반말은 현우가 되돌릴 수 없는 일인 것 같았다. 자신도 모르게 우혁의 늙수그레한 외모에 압도되어버린 것이다. 물론, 현우를 긴장시킨 것은 그의 외모뿐만은 아니다. 우혁의 훌륭한 기타 연주가 현우로 하여금 벌써 그를 상당한 셀럽처럼 보이게끔 만들어 버린 것이다. 그건 그렇고, 과연 이 기타사나이는 어떻게 현우가 사랑 고민을 하고 있다는 것을 알아챈 것일까? 현우는 그것이 무척이나 궁금하여 기타사나이에게 물어보지 않을 수 없었다.

"저기… 초면에 자기소개도 하기 전인데, 이런 질문부터 드려도 괜찮을까 싶지만… 너무 궁금해서요. 제가 그런 류의 고민을 하고 있다는 것을 어떻게 아신 건가요?"

현우의 질문에 우혁은 피식하고 웃으며 천천히 입을 열었다.

"뭐, 통찰력이 있는 사람이라면 누구라도 그런 것쯤은 쉽게 맞혔을걸?"

우혁의 말에 현우는 더욱 궁금증이 더해갔다. 우혁의 입을 바라보면서 두 귀에 신경을 집중시켰다. 우혁은 현우를 지그시 바라보며 차분한 목소리로 말하기 시작했다.

"일단, 지금은 밤이지. 너는 우산을 들고 백팩을 멘 채, 한 손에는 스타벅스 커피를 들고 있었어. 나는 척 멘지오니의 필 쏘 굿이라는 음악을 다소 느린 템포로 약간 센티멘털하게 연주를 하고 있었고. 너는 내가 알지도 못하는 사람인데 갑자기 이곳에 들어와 내 연주를 끝까지 들었어. 바쁜 일이 있는 사람이라면 이곳을 그냥 지나쳤을 거야. 혹은 만약 내게 볼일이 있어 온 것이라면 내 연주를 멈추게 하고서 너의 용건을 이야기했을 거야. 하지만 너는 그렇게 하지 않고 내 연주가 끝날 때까지 천천히 나를 응시하며 나의 연주를 감상하고 있었어. 그것은 일단 너는 시간에 쫓기는 상황은 아니라는 것이지. 게다가 너는 원곡과 달리 센티멘털한 느낌으로 편곡되어 연주되는 이 곡에 상당히 빠져드는 듯한 표정이었어."

현우는 우혁의 말에서 묘한 설득력을 느끼고 있었다. 우혁은 현우의 표정은 별로 아랑곳하지 않은 채 자신의 이야기를 계속 이어나갔다.

"연주가 끝난 뒤 난 너의 스타벅스 아메리카노를 한 모금 마셨어. 그것은 아까 내가 말했듯 벌써 꽤 식어 있었지. 스타벅스는 학교 캠퍼스 안에 있기 때문에 거기에서 여기까지는 별로 멀지가 않아. 즉, 네가 커피를 산지 얼마 되지 않았다면 그 커피는 여전히 뜨거워야 하지. 하지만, 그것은 어느새 상당히 식어있었고 그렇다면 가능성은 두 가지야. 그 커피를 사고서 한참 커피집에 있었거나 혹은 그 커피를 사고서 바깥을 배회했거나⋯. 나는 연주를 할 때 너의 우산을 보았었지. 오늘 비는 한때 많이 내리기는 했지만 약 15분 전부터는 다시 잦아들면서 빗방울이 아주 가

늘게 떨어지고 있는 중이지. 난 개인적으로 비가 떨어지는 소리를 매우 좋아해서 비오는 날이면 늘 창문을 좀 열어두거든. 그래서 비가 많이 오는지 적게 오는지 얼마든지 알 수가 있지. 아무튼, 그런데 너의 우산은 마치 소나기를 뚫고 나온 것처럼 비에 흥건히 젖어 있어. 이것은 네가 최소 비가 적게 내리기 시작한 15분 전보다는 더 오래전부터 우산을 받쳐 들고 바깥에 있었다는 것을 의미하지. 그러면, 그 커피는 네가 밖에서 들고 다니다가 식어 버리게 된 것이라고 볼 수 있지. 즉, 너는 커피를 들고서 우산을 받쳐 든 채 바깥을 배회한 거야. 스타벅스에서 이곳까지는 5분 정도밖에 걸리지 않는데 너가 바깥을 배회한 것이 아니라면, 게다가 지금은 비도 아주 적게 내리고 있으니까 너의 우산이 그 정도로 젖어 있지도 않았을 거고 그 커피도 그정도로 식지 않았을 거야. 게다가, 네가 만약 커피집에서 누군가와 수다를 떨면서 오래 있은 나머지 커피가 그렇게 식었다면 아마 확률적으로 너의 행동은 둘 중 하나였겠지. 그곳을 일어서면서 식은 커피를 반납대에 놓고 오거나 혹은 입안에 홀홀 털어 넣고 빈 컵을 반납대에 놓고 오거나. 굳이, 식어버린 커피를 비오는데 들고서 커피집을 나올 이유는 없겠지.[6]"

---

6) 2000년도 초반에는 커피집에서 커피를 마시든 테이크아웃을 하든 관계없이 일회용 컵으로만 커피가 제공되었다.

우혁의 설명에 현우는 슬며시 고개를 끄덕였다.

"즉, 너는 커피를 들고 우산을 쓴채 캠퍼스 이곳저곳을 정처 없이 걸어다녔다는 거지, 이 밤에. 그래서 난 생각한 거야. 아마도 어떤 고민거리가 있을 거라고. 그런데 너는 내가 연주하는 음악 소리에 이끌려 이곳에 들어와 연주를 듣고 있었지. 그렇다면 너의 고민은 무언가 깊은 고민이기는 해도 최소한 음악에 귀를 기울일수 있는 그런 종류의 고민이라는 거야. 다시 말해, 너가 하는 고민이 만약, 빌린 돈을 갚지 못해 사채업자에게 쫓기는 것에 대한 고민이라든가, 가족 중에 누가 큰 병이 생겨서 하는 고민이라든가, 아무튼 뭐, 그런 종류의 고민이었다면 한가롭게 기타소리에 이끌려 이곳까지 들어오지는 않았을 거란 뜻이야. 하지만 사랑 고민은 좀 다르지. 사랑 고민이란 깊을수록 오히려 센티멘털하게 연주되는 음악에 더 반응하게 되지. 그리고, 너의 외모를 놓고 보았을 때, 아마도 짝사랑이거나 혹은 차였거나 뭐 둘 중 하나일 거라고 확신한 거지."

기타사나이 우혁의 마지막 말에 현우는 약간 발끈하였으나 그래도 나름 근거가 있는 우혁의 짐작에 감탄을 하지 않을 수 없었다. 우혁은 현우의 표정을 보며 슬쩍 웃으며 한마디 툭 던졌다.

"혹시 그 가방 안에는 누군가 쓴 연애지침서나 남녀심리에 관한 책이라도 들어있는 거 아냐?"

이 말에 현우는 갑자기 아무 말도 못한 채 얼굴이 붉어졌다.

"크크크크, 역시, 맞구나!"

우혁은 재미있다는 듯 웃어댔다. 무슨 책인지 한번 꺼내어 보라는 우혁의 말에 현우는 백팩에서 자신이 대출한 책을 꺼내들었는데 그 책의 표지를 보더니 우혁은 한번 더 크게 웃음을 터트렸다. 그리고 현우를 향해 한마디 던졌다.

"야, 너 그 책 표지 넘겨서 저자 소개 부분 봐봐. 그 사진에 누가 있는지."

현우는 우혁이 무슨 말을 하는지 알 수 없었으나 일단, 시키는 대로 하였는데 놀랍게도 사진에는 우혁의 얼굴이 있는 것이 아닌가? 그리고 그 옆에는 '오혁'이라는 이름이 있었다. 현우는 기타사나이의 얼굴을 보며 놀란 표정으로 물었다.

"혹시, 오혁이 본인이신가요?"

기타사나이 우혁은 싱긋이 웃으며 답했다.

"오혁은 내가 필명으로 쓰는 이름이고 원래 이름은 오우혁이야. 심리학과 96학번. 교수님과 함께 썼던 책이지."

현우는 깜짝 놀랐다. 하지만 다음 말에 현우는 더욱 놀라고 말았다.

"내가 너의 연애 자문을 좀 해주지. 네가 원한다면 말이야."

그래서 저는 어떻게 할까요?

"그렇게 현우가 선배님을 만나서 연애자문을 얻을 수 있게 된 것이군요."

현우의 말을 듣고 있던 민욱이 우혁을 돌아보며 말했다. 우혁은 대답 대신 기타줄을 튕겼다.

찌이이이잉~~~♪

'그렇다.'는 의미라는 걸 충분히 알 수 있었다. 우혁은 또다시 어딘가 먼 곳을 응시하면서 말했다.

"현우는 말이지… 꽤나 순수한 녀석이었어. 그게 내 마음을 움직였지. 이런 친구를 도와주고 싶다. 내가 교수님과 남녀 심리에 관한 책을 쓴 것도 남녀에 대한 이해를 높여 남자와 여자와의 전

쟁 같은 다툼을 줄이고 이 세상 속 불필요한 갈등들을 행복의 순간들로 바꾸어 사람들이 더욱 행복해질 수 있게끔 하는 데 기여하기 위함 아니었겠니?"

'꽤나 거창하게 표현하는군.'이라는 생각이 전혀 없는 것은 아니었으나 그래도 민욱은 어느새 점점 더 우혁의 이런 화법에 빠져들고 있었다. 우혁의 말은 그야말로 물 흐르듯 계속되었다.

"현우는 기타를 좀 칠 줄 알더라구. 코드를 좀 잡는데 나름 하이코드까지 섭렵한 듯 보였어. 이에, 현우에게 권유했지. 바로 기독교동아리에 가입하라고."

"그야말로 신의 한 수라고 할만한 포인트였지."

갑자기 현우가 끼어들었다. 민욱은 현우를 보았다가 다시 우혁을 보며 물었다.

"현우가 불교인 건 아셨어요?"

"푸하하하하하하!"

뜻밖에 너무나 큰 파안대소를 날리는 우혁을 보며 민욱은 약간 움찔했다. 우혁의 말이 바로 뒤따랐다.

"그게 대체 무슨 상관인데. 내가 종교를 바꾸라고 했니? 그냥 기독교 동아리에 가입하라고 한 거지. 그곳은 말이야, 하나님을 믿는다고 하면 일단은 50%는 마음을 열어주는 그런 여자들이 있는 곳이라고. 거기다 기타코드를 잡는 수준의 연주실력만 되어도 찬양을 이끌며 인싸가 될 수 있는 그런 곳이지. 맨날, 여자 하나 없이 산에 올라가 향냄새 맡아가며 넓적한 노란 얼굴 쳐다보다가 내려오는 것보다는 훨씬 확률이 올라가지 않겠어?"

넓적한 노란 얼굴이라 함은 부처님의 얼굴을 이야기하는 것 같았기에 '우혁 선배는 불교는 확실히 아니겠구나' 하고 생각하는 민욱이었다. 그렇다고 기독교일 것 같지도 않았다.

"그렇지만 현우가 지금 여자친구가 생긴 건 아니잖아요? 선배님의 전략이 결실을 거둘지는 지켜봐야죠."

민욱은 괜시리 우혁의 말에 딴지를 걸어 보았다.

"물론 그렇지. 아직까지는. 하지만 말이야, 현우는 벌써부터 행복해하지 않니? 목표 달성까지 되면 더 좋겠지만, 일단 어느 정도 가능성이 높아졌다는 것만으로도 사람은 희망이란 것을 품게 되거든. 그리고 제대로 된 도전을 하였다면 혹시 실패를 하더라도 실패가 아닌 법! 그것은 다음의 성공으로 이어지는 훌륭한 디딤돌이 되지. 뭐, 너처럼 가만히 있다가 시간만 흘러가는 것보다는 확실이 현우가 여친을 먼저 만들걸?"

민욱은 되려 우혁의 도발에 걸려드는 느낌이었다. 옆에서 헤죽헤죽 웃고 있는 현우의 얼굴을 보자 민욱은 자기도 모르게 다급한 목소리로 물었다.

"그래서, 저는 어떻게 할까요?"

이렇게 내뱉고서는 순간 얼굴이 화끈해지는 민욱이었다. 우혁은 민욱의 다급한 한마디에 대답 대신 다시 기타줄을 튕기기 시작했다. 특유의 미소를 지으며 먼 곳을 응시하는 우혁 특유의 시선 처리와 함께 은은한 발라드곡이 연주되고 있었다.

아이컨택 금지

'우혁 선배의 말처럼 하면 될까?'라는 생각을 가지고서 학교생활을 이어가고 있는 민욱이었다. 막무가내로 따라오라던 현우의 말에 떠밀리듯 갔던, 후미진 곳 컨테이너 하우스. 그곳에서 처음 본 기타사나이 우혁. 범상치 않은 그에 대한 이미지는 그날부터 1주일이 지난 지금까지도 여전히 머릿속에서 진하게 남아있었다. 민욱의 상황은 현우와 좀 달랐다. 현우는 여자친구를 만들기만 하면 된다는 쪽이었다면 민욱은 지금 승현 선배와 사귀고 있는 주희를 마음에 두고 있었기 때문이다. 그날, 우혁 역시 쉽지 않은 민욱의 상황에 고심하는 표정을 숨기지 않았다.

"흠… 사실 거의 불가능에 가까운 일이야. 네가 그 주희라는 여자와 사귄다는 것이 말이야."

우혁의 이 한마디는 여전히 민욱의 귓가를 맴돌고 있었다. 어느 정도 예상했던 답변이었다. 순수하다면 순수하달까, 찌질하다면 찌질하달까? 민욱은 우혁의 말을 들었을 때 '괜찮아요. 저는 그녀만 행복하다면 충분해요.'라는 마음에도 없는 멘트를 조건반사적으로 날렸다. 그 말을 들은 우혁과 현우는 그 자리에서 큰소리로 웃음을 터트렸다. 우혁 선배야 그렇다 하더라도 자기와 별반 다를 바 없는 현우마저 자신의 말을 듣고 웃어댔다는 사실에 괜시리 약이 오르는 민욱이었다.

"일단, 넌 말이지 주희라는 애는 잠깐 머릿속에서 지우는 것이 좋겠어. 너가 혼자 품고있는 사랑에 완전히 젖어들어 '토이7)'의 노래라도 들으면서 찌질한 너 자신과 조우하며 그렇게 신세 한탄만 하는 게 좋다면 누구도 말릴 수는 없겠지만 네가 정말 용기내어 여자를 사귀고 싶다면 너는 그런 행동보다는 실질적 전략을 세워 일단 누구라도 사귀어보는 것이 훨씬 더 중요한 일이 될 것이야."

우혁이 그날 했던 이 말에 민욱의 마음은 꽤나 혼란스러웠다. '여자를 사귀는 것은 좋은데 주희가 아닌 다른 누군가를 사귄다면 사귀게 된 그 사람에게 미안한 행동을 하는 것이 아닐까?'하는 질문이 민욱의 머릿속에서 계속 떠올랐던 것이다. 한편, 자신

---

7) 유희열이 노래를 만들고 객원 보컬들이 노래를 부르는 1인 그룹.

의 이런 모습이 웃기다는 생각이 들기도 했다. 도대체가 떡줄사람은 생각도 않는데 김치국부터 마시는 모습이란… 아직, 썸타는 사람 한명 제대로 없으면서 마치 이미 사귀는 사람이라도 있는 마냥 걱정부터 하는 그런 자신의 모습. 민욱은 경영관을 들어와 강의실을 향하면서 서서히 생각을 정리해가고 있었다. '그래, 뭐, 일단 뭐든지 안 해보고 후회하는 것보다는 해보는 게 낫잖아?' 이렇게, 생각한 민욱은 우혁이 신신당부했던 말을 떠올렸다. 그것은 절대로 여자들과 눈을 마주치면 안 된다는 것. 특히 마음에 드는 여자라면 더더욱 더. 솔직히, 우혁의 이 말은 민욱으로서는 처음에 쉽게 이해되지는 않았었다. 민욱은 우혁의 말을 듣자마자 바로 되물었다.

"아니! 마음에 드는 여자와 눈을 마주치는 것이 중요한 일 아닌가요?"

"후후훗, 보통 그렇게 생각들을 하지. 하지만 그것은 말이야, 서로 마음이 충분히 확인된 상태에서 이미 사귀기 시작한 후에나 하면 돼. 일단, 너는 여자들의 관심을 끌어야 해. 특히, 예쁜 여자들일수록 너는 더더욱 그녀들의 관심을 끌고 싶을 것 아냐? 내 말이 틀려?"

"그, 그렇죠."

"그래서, 더더욱 더 그녀들과 눈을 마주치지 말라고. 좀 더 세게 말하자면, 아예 눈길조차 주지 마!"

계속되는 우혁의 뜻밖의 말에 민욱은 그저 우혁의 다음 말을 기다릴 뿐이었다.

"사실, 남자들에게 사랑받고 싶은 욕구는 보통의 여자라면 가지고 있을 법한 기본 심리 아니겠어? 그러다 보니 여자들은 되도록 많은 남자들에게 자신의 매력이 어필되기를 원할 거야. 즉, 그런 본능으로 인해 대부분의 여자들은 저 남자가 나를 보는지, 내게 시선이 머무는지 등을 그야말로 본능적으로 체크를 하게 된다고 봐도 돼. 그리고 실제로 나름 정성을 들여 자신을 꾸미고 나왔을 때 지나던 남자들의 시선이 자신에게 멈추는 것을 느낀다면 역시나 본능적으로 뿌듯함을 느끼곤 할 거야. '역시, 난 아직 죽지 않았어.'라고 생각하면서. 그런데 말이야…"

찌이이잉~~~♬

중요한 이야기를 할 때는 늘 기타사운드부터 울려대는 우혁의 습관, 새삼 그런 행동에 놀랄 일은 아니라고 생각하는 민욱이었다.

"그런데 말이야… 어떤 남자가 나를 보지를 않네. 아니, 이렇게 예쁘게 화장을 하고 멋진 옷을 차려입은 내가 눈앞에 왔다

갔다하는데도 전혀 내 쪽으로 눈길조차 주지를 않네. 그러면, 오히려 그 여자는 초조해지기 시작하는 거지. '뭐지? 내가 매력이 없나? 혹은, 남자구실 못하는 고자인가? 아니면, 나 정도의 예쁨은 신경쓰지 않을 만큼 무슨 연예인들이랑 어울리는 그런 위치의 남자인가?' 하는 생각들로 점점 더 혼란에 빠져들 거란 이 말이야. 너는 바로 이 심리를 이용해야 하는 거야. 너는 그 여자에게 무심한 척을 함으로써 오히려 그 여자로 하여금 너에 대해서 더 신경쓰게 만드는 거지. '코끼리는 생각하지 마!'라는 당부를 듣게 되면 오히려 머릿속에서 코끼리가 더 떠오르는 것처럼 말이야."

그날, 우혁 선배는 분명 민욱에게 이렇게 말해 주었던 것이다. 민욱으로서는 그런 내용의 말을 처음 접해보았기에 쉽게 받아들이기 힘든 점이 있었다. 하지만, 민욱에게 우혁의 말을 듣는 것 외엔 다른 방도가 있는 것도 아니었다. 민욱은 수업을 듣기 위해 강의실 문을 열고 있었다. 평소 같으면 자리를 찾는 척하며 강의실 안에 있는 여학생들을 한 번씩 훑어보겠지만 지금의 민욱은 그렇게 하지 않았다. 눈에 들어오는 빈 자리에 속하고 걸어가 앉을 뿐이었다. 날씨는 점점 더 쌀쌀해져가며 간절기 코트를 꺼내입게 되는 그런 계절이었다. 선선한 바람이 괜히 남자의 마음을 스치고 지나가는 그런 계절. 어쩌면 도도한 남자인 척 연기하기에 꽤나 어울리는 계절일지도 모른다. 민욱은 아무 여자에게 쉽게 눈길을 주지 않는 도도남으로 변신을 시도하고 있었다.

대학로에서

소극장이 군데군데 있는 대학로 골목길을 주희는 이리저리 정처 없이 걷고 있었다. 늦가을 바람이 코끝에 시리게 다가왔다.

'최악이다, 이 남자!'

주희의 머릿속에서 떠나지 않는 생각이었다. 며칠전 있었던 갑작스런 이별 통보. 그것도 문자로! 문자이별이라는 것을 직접 겪어볼 것이라고는 전혀 생각지 못했던 주희였다. 어느 순간 그녀를 향한 그의 짜증이 늘어나기 시작하는가 싶더니 결국 문자로 이별 통보까지 왔던 것이다. 주희로서는 사실 이 상황이 억지스럽게만 느껴졌다. 그는 언제부터 이별을 생각한 걸까? 혹시 시작부터 나를 진심으로 사랑하지 않았던 것은 아닐까? 주희는 마로니에 공원에 있는 빨간색 벽돌 건물을 지나다가 자신도 모르게 양미간을 찌푸렸다. 문자로 이별 통보를 한다는 것은 그야말로 무책임한 남자들의 폭력이라고 생각하곤 했었다. 대학에 처음 입학했을 때, 친절한 웃음으로 다가와 이것 저것 학교에 대해 알려주며 잘 적응할 수 있도록 도와주었던 그 선배에게 자연스레 호감이 생길 수밖에 없었다. 등하교 때마다 타고 다니는 고급 승용차는 신경 쓰지 않으려해도 솔직히 다른 대학생들과는 달라 보일 수밖에 없는 특별한 요소이기도 했다. 누군가 자신에게 속물근성이 있다고 비난할지 모르겠으나 자신에게 잘해주는 남자가 고급 승용차까지 타고 다니는데 그런 것들에 마음이 아무렇지도 않다는 것이 오히려 더 메마른 감성 아닌가? 주희는 새삼 이런저런 생각들에 빠져들었고 어느새 두통마저 느껴지기 시작했다. 승현 선배와의 이별. 중요한 일을 문자 하나로 심플하게 처리하는 그런 남자. 승현의 무책임한 이별통보에 다시금 화가나는 주희였다. 승현 선배로부터 문자로 이별통보를 받았던 날, 고등학교 과외 선생님이자 지금은 학교 선배인 아랑 언니에게 전화를 걸어 언니를 불러낸뒤 연애와 이별에 대한 고민을 털어놓았던 적이 있었더랬다. 지글지글 타오르는 불판 위에 삼겹살 몇 점을 올려놓고서는 술을 주거니 받거니 하며 밤늦도록 이어졌던 그때의 대화.

"아랑 언니, 대체 뭐가 문제인 거야?"

과외 선생님에서 이제는 멘토가 되어 있는 아랑 언니. 이제 1
학년이었던 주희에게, 마지막 한 학기만을 남긴 채 휴학을 하고
서 취업 준비를 하고 있던 아랑 언니는 여전히 큰 어른처럼 느껴
졌다.

"야, 내가 지금 취업 준비 때문에 내 고민도 산더미인데 네 연
애 고민까지 해결해줘야겠니?"

라는 투로 말을 하면서도 주희의 얘기를 귀담아 들으며 이런저
런 조언을 늘어놓기 시작하는 아랑 언니였다. 언니의 말이 맞는
듯도 하고 아닌 듯도 하고, 아무튼 그러는 사이 어느새 취기가
올라와 비몽사몽하고 있던 주희의 두 귀에 뚜렷이 들리는 그녀의
한마디가 있었다.

"너 걔랑 잤지? 발랑 까져가지고선. 1학년이 벌써부터. 쯧쯧."

아랑 언니의 한마디는 주희의 정신을 순간적으로 번쩍 들게 만
들었다. 아랑의 말은 계속되었다.

"너가 사겼다는 그 선배라는 녀석은 너를 적당히 좋아한 것
일 수 있어. 남자들이 달콤한 세레나데를 부르는 것은 대체로
두 종류인데 말이야, 첫째, 진짜로 사랑할 경우. 하지만 이 경
우에는 그 세레나데가 여자에게 그렇게 쉽게 감명을 주지 못하
지. 왜냐고? 진짜 좋아하다 보니까 그 여자 앞에 서기만 하면
그 남자가 얼어버리거든. 그래서 오히려 자신의 매력을 잘 보여

주지 못하고 여자는 '이 남자 왜이리 서툴러?'라고 느끼면서 별로 그 남자에게 매력을 느끼지 못하게 되지. 그리고 두 번째는 그냥 여자 한번 어떻게 해보려는 경우. 이 경우에도 목표물이 되는 여자 앞에서 열심히 세레나데를 불러대지. 일단, 처음에는 뭐, '밥 한번 먹자. 맛있는 거 사줄까? 이번 주말에 시간 돼? 영화 보러 갈까?' 등등 이런저런 수작질부터 시작하겠지. 하지만 얄궂게도 그런 작업이 그 여자에게 잘 먹혀들어 갈 가능성이 높아. 왜냐고? 진짜로 사랑하는 것은 아니다 보니 이 여자 앞에서는 별로 긴장도 하지 않게 되고 그러다 보니 말도 행동도 훨씬 자연스럽게 할 수 있게 되거든. 농담도 빵빵 터져 나오게 되고 말이야. 여자들은 안타깝게도 '와! 이 사람 어딘가 능숙하고 여유있는 것 같아.'라는 생각을 하면서 그 남자한테 쉽게 빠져들게 돼. 하지만 그 남자의 본마음을 언제 알게 되냐고? 그 남자가 목표를 달성한 다음. 즉, 까놓고 말해서 같이 자고 나면! 만약, 진심으로 사랑한 것이 아니라 적당히 좋아하는 여자 어떻게 해보려고 한 거였다면 이내 그 여자에 대한 그 남자의 감정은 빠르게 식어 가지. 어차피, 목표는 달성했잖아? 뭐, 진심으로 사랑한 것도 아닌데. 그러니까 슬슬 그녀가 귀찮아지게 되고 점점 짜증이 잦아지는 거지. 얼른 또 다른 여자 찾아야 하는데 애가 자꾸 걸리적거리니까 말이야."

주희는 쉼 없이 얘기하는 아랑 언니를 물끄러미 바라보고 있었다. 아랑의 말이 주희의 가슴에 파고 들어와 꾹꾹 바늘처럼 쑤시고 있었다. 줄줄줄줄 자신의 생각을 늘어놓는 아랑 언니의 랩하는 듯한 말투는 예전 주희를 과외해주던 그 카리스마 넘치는 선생님의 모습 그대로였다. 그래서일까? 아랑의 돌직구에도 별다른 불쾌감 없이 잠자코 그녀의 얘기를 듣고 있을 수 있었다. 승현 선배는 결국 나를 한낱 노리개쯤으로 생각한 건가? 주희의 두 눈에서 갑자기 주르륵하며 눈물이 흘러 나왔다. 아랑은 주희의 눈물을 봤는지 못 봤는지 소주잔을 들고서 쌉싸름한 소주를 한입에 홀홀 털어 넣는 중이었다. 주희는 천천히 입을 열었다.

"언니, 나 그럼 어떡해?"

고기 한 점을 집으려던 아랑은 동작을 멈추고 두 눈을 동그랗게 뜬 채로 주희를 바라봤다.

"어떡하긴 뭘 어떡해? 사랑도 대학생이 거쳐가야 하는, 피할 수 없는 관문인 것을. 속상하면서 기분 더럽게 만드는 그런 스토리가 너만 있는 줄 아니? 누구나 마음속에 한두 번쯤 사랑에 데인 상처가 남아있어. 시간이 흘러서 다들 많이 아물었을 뿐이지. 그래서 다들 이야기하는 거야. 과거는 따지지 말라고. 아무튼, 차라리 그 상처를 더 깊이 오랫동안 느끼도록 해. 그것도 어른이 되는 과정이니까."

이렇게 말한 아랑은 삼겹살을 입에 넣고 씹다가 문득 생각난 듯 주희를 보며 말했다.

"하나 마음에 걸리는 게 있는데…"

주희는 아랑의 말에 두 눈을 동그랗게 뜨고서 그녀를 바라보았다.

"흠…"

"왜 그래, 언니? 뭔데?"

"흠…"

주희는 대학로를 하염없이 걸으며 그때 아랑 언니와 나누었던 대화를 떠올려보았다. 아랑 언니가 마지막에 주희에게 했던 말. 그것이 갑자기 주희의 가슴을 짓눌러왔다. 이별을 문자로 통보하는 무책임한 남자라면 어쩌면 아랑 언니의 염려가 사실이 될 수도 있을 것도 같았다.

양다리?

'흠, 쳐, 쳐다보면 안 돼.'

민욱은 혼자 이런 생각을 하면서 경영관 복도를 걸어가고 있었다. 얼핏 보기에도 눈에 띄는 화려한 색깔의 꽃무늬 원피스를 입고 있는 그 여학생을 슬쩍 훔쳐보고 싶은 욕구가 피어났지만 무심하고 도도한 남자가 되어야 한다는 기타사나이 우혁의 조언을 충실히 따르기 위해 애써 무심한척 하는 민욱이었다. 경영관을 지나가는 학생이라면 확률적으로는 경영학과 학생일 가능성이 높다. 대체로, 동기들은 얼굴을 다 알고 있으니까, 현재 1학년인 민욱에게 후배는 없고, 그러면 이 여자는 확률적으로 선배일 텐데 분명 한 다리쯤 건너면 충분히 알 수 있는 사이일 것이다. 과내에서 도도한 남자라는 이미지를 주는 것이 중요하다는 기타사나이 우혁의 조언을 그대로 따르기 위해서라도 그녀의 화려함에 눈길이 가서는 안 된다고 다시 한번 다짐하는 민욱이었다.

"지나가는 사람도 너와 관계가 있을 수 있다는 것을 명심해야 해. 그래서 어디서든 너가 쉬워 보이면 안되는 거야. 특히, 너의 단과대 건물에서는 더더욱. 네가 약간 차도남8) 같은 느낌만 줘도 너를 대하는 사람들의 태도는 많이 달라져 있을 거야."

신신당부하던 우혁의 목소리가 지금도 귀에 선명히 들리는 듯했다. 애써 무표정한 얼굴로 그저 정면만을 응시하며 그렇게 성큼성큼 한 걸음씩 발을 옮겼다. 나름 혼자서 '좀 도도해 보였겠지?'라고 생각하려는 찰나, 민욱을 부르는 목소리가 들려왔다.

"야, 너, 이민욱 아냐?"

민욱은 깜짝 놀라 가던 걸음을 멈추고는 뒤를 돌아봤다. 조금 전 지나쳤던 그 꽃무늬 원피스의 여성이 민욱을 향해 다가오고 있었다.

"맞네! 야, 나야. 강민지."

민욱은 깜짝 놀라지 않을 수 없었다. 고등학교 때 같은 반이었던 민지가 그곳에 있었던 것이다. 민욱과 민지가 같은 반이기는 했어도 고등학교 시절 그렇게 친한 사이는 아니었다. 민욱은 앞

---

8) 차가운 도시 남자.

자리에 앉아 조용히 공부만하는 스타일이었던 반면 민지는 공부는 적당히 하면서 뒷자리에서 친구들과 어울리기 좋아하는 스타일이었다.

"네가 우리학교에는 웬일이야?"

"아~ 나 남자친구 만나러 왔어. 남자친구가 여기 경영학과 학생이거든."

"그렇구나."

민욱은 어떤 말을 이어가야 할지 떠오르지 않아 머뭇거렸다.

"호호, 너 쑥맥인 건 지금도 여전하구나?"

민지는 그의 경직된 표정에 그만 웃음을 터트려 버렸다. 하지만 민욱은 민지의 다음 말에 정말로 완전히 경직되어 버렸다.

"너 혹시 99학번에 강승현 알아? 내 남친인데 말이야."

민욱이 조심스레 입을 열었다.

"강…승현?"

"응. 너한테 1년 선배일 텐데. 아는 사람 아냐? 참, 여기 지하 1층에 편의점 있는 거 맞아? 그 앞에서 보기로 했거든. 뭐, 앉을만한 데가 있다던데?"

"아, 맞아. 경영관 지하에 편의점이랑 커피집 그리고 학생 식당이 같이 있고 마치 푸드코트처럼 그 앞에 앉을 곳이 많이 있어."

이렇게 답하던 민욱의 머릿속은 점점 복잡해져만 갔다. 분명,

주희의 남자친구인 승현 선배가 민지의 남자친구라니? 그때, 누군가의 목소리가 들려왔다.

"네가 왜 얘랑 같이 있냐?"

민욱은 깜짝 놀라며 고개를 돌렸는데 그곳에는 어느새 다가온 승현 선배가 서 있었다.

"어?! 오빠, 언제 왔어? 뭐야? 소리도 없이!"

이렇게 말하던 민지는 자연스레 승현의 팔을 감싸 안았다. 순간, 어색해진 쪽은 민욱이었다. 민욱은 어떤 말을 해야 할지 몰라 주저주저하다가 황급히 인사를 내뱉으며 자리를 떴다.

"안녕히 계세요, 선배. 너도 안녕."

성큼성큼 뒤돌아서 걸어가고 있는 민욱의 등 뒤에서 둘의 대화가 어렴풋이 들려왔다.

"둘이 아는 사이야?"

"응."

둘의 목소리는 더 이상 들려오지 않았으나 민욱의 머릿속은 복잡해져만 갔다. 분명, 승현 선배는 주희와 사귈 텐데 민지와도 그렇고 그런 사이라고? 민욱은 그렇게 경영관 밖으로 나와 계속 성큼성큼 걷기만 했다. 자신이 어디로 가려고 했는지도 잊은 채, 승현, 주희, 민지 이 세 사람의 삼각관계에 온 신경이 집중되는 민욱이었다. 그러던 찰나, 다소 익숙한 노랫소리가 들려오기 시작했다.

♪

주 우리 아버지~ 우리는 그분의 자녀

♪

노랫소리의 행방은 지난번처럼 도서관 건물 바로 앞이었다. 기타는 여지없이 현우가 치고 있었고 그 주위에 지난번과 같이 십여 명 정도 되는 남녀 학생들이 모여 입을 모아 찬송을 부르고 있었다. 민욱은 순간 짜증이 차올랐다. '쟤는 불교라더니 대체 왜 저렇게 찬양 활동에 열심인 거야? 여자 꼬시러 들어갔으면 그냥 조용히 여자나 꼬시든가. 왜 맨날 기타 들고 설치고 지랄이야?' 민욱은 이런 생각을 하며 그곳을 얼른 지나치려 했으나 찬양을 하던 현우와 의도치 않게 눈이 마주쳤다. 현우는 능글맞은 웃음을 지으며 민욱을 향해 찡긋하며 눈인사를 건넸다. 민욱은 그런 현우의 표정마저 그저 짜증스럽게만 느껴졌다. 다짜고짜 현우에게 다가가 현우의 옷을 잡고서는 끌어당겼다.

"어, 어, 너 왜 그러는 거야?"

민욱으로 인해 현우의 연주가 멈췄고 이와 함께 찬양소리도 멈추었다. 그 자리에 있던 기독교 동아리 회원들은 모두 민욱과 현우를 바라보았다. 민욱은 그 자리에서 '에라! 모르겠다!' 하는 심정으로 큰소리로 외쳤다.

"얘 불교예요. 여자 꼬시려고 기독교 동아리 들어간 거예요!"

민욱의 외침에 기독교 동아리 회원들의 시선이 모두 현우에게로 쏠렸다. 현우는 당황해하며 민욱의 입을 막으려 들었다.

"얘가 미쳤나? 아니에요, 저 진짜 기독교예요. 예수님 영접 했다니까! 아놔! 얘가 장난치는 거… 진짜!"

현우는 민욱의 입을 막으랴, 변명하랴, 물에 빠진 사람 마냥 허우적대고 있었다. 이때, 갑자기 곱슬곱슬 파마머리에 검은색 얇은 코트를 입은 어떤 여자가 민욱에게로 다가왔다.

"저기요, 이런 식으로 우리 착한 현우 씨를 비난하면 안 되죠! 게다가 지금 여기서 우리 찬양선교 하고 있는데!"

민욱은 순간 뭐라 해야 할지 알 수가 없었다. '너희들이 이곳에서 시끄럽게 하는 것이 더 큰 문제다!'라고 쏘아붙여 볼까 잠깐 생각했으나 파마머리 검은 코트녀가 뿜어내는 아우라가 워낙 기세등등하였기에 차마 그런 말을 내뱉을 엄두가 나지 않았다. 게다가 민욱의 귀를 파고든 말은 무엇보다 '우리 착한 현우 씨!'였다. 얘네 무슨 관계인 거지? 혹시 현우가 벌써 기독교 동아리에서 여자친구 사귀기를 성공한 것인가? 만약 그렇다면 난 정말 어떡하지? 이 세상 가장 찌질한 루저가 된 것이 아닌가 하는 불안감이 엄습해오는 민욱이었다. '현우조차 만드는 여친을 나만 못 만들고 이러고 있다니…' 이때 현우가 민욱을 향해 말했다.

"너 대체 왜 그래? 뭐, 안좋은 일 있어?"

민욱은 현우의 질문에 무어라 할 말이 떠오르지 않았다. 눈물이 흐르는 것은 아니지만 약간 눈가가 촉촉해지는 것을 느낄 수 있었다. 그리고 머릿속에는 주희의 얼굴이 떠올랐다. '왜 이렇게 주희가 생각나지?'

"일단 난 지금 기타 반주를 다시 해야 하니까 잠깐 기다려."

이렇게 말한 현우는 다시 조금 전 하던 곡의 연주를 재개했다. 곱슬머리 검은 코트너는 민욱의 한쪽 팔을 잡고서 동아리 회원들이 있는 쪽으로 끌어당겼다.

"여기서 같이 찬양을 하다보면 마음이 좀 진정될 거예요."

이렇게 말한 그녀는 다시 동아리 사람들과 함께 찬양을 하기 시작했다. 민욱은 그 무리 안에 엉거주춤 서서 잘 알지도 못하는 찬송을 조금씩 따라부르기 시작했다. 왜 그러고 있는 것인지 스스로도 알지 못했다. 그저 주희를 떠올리지 않을 수만 있다면 뭐라도 해야 할 것 같았다. 기독교 동아리 사람들은 함께 찬양하는 민욱을 보면서 환영의 의미를 담은 미소를 띠고 있었다. 아무래도, 또 한 명의 영혼 구원에 성공했다는 의미일 것 같았다. 현우는 더욱 힘차게 기타줄을 튕겨댔다. 기독교 동아리의 도서관 앞 찬양선교는 다른 어느 때보다 그 분위기가 더욱 뜨겁게 타오르고 있었다

너무 노골적이더라구

"캬! 역시 찬양선교 후에 마시는 이 아메리카노, 이 맛에 한다니까!"

현우는 목이 탔는지 빨대를 통해 아이스아메리카노를 쪼옥 하고 빨아당기고 있었다. 아직은 야외에서 아이스아메리카노를 마셔도 그리 나쁘지 않은 계절이었다. 앞으로는 점점 더 추워지겠으나 아직까지는 적절히 시원한 바람이 부는 정도였다. 민욱과 현우는 경영대에서 가장 멀리 위치한 공대 쪽으로 가서 적당한 벤치에 자리를 잡고서 앉아 있었다. 아무래도 아는 사람들이 별로 없는 공대 쪽에서 이야기하는 것이 낫겠다고 생각했던 민욱이 거기까지는 멀어서 가기 싫다고 한 현우를 억지로 끌고 온 것이었다. 현우는 그런 민욱에게 잽싸게 '그럼 커피는 네가 쏴라!' 라고 기습적으로 툭 던졌고 그렇게 얻어 낸 아메리카노였기에 현우로서는 그 맛이 더욱 좋게 느껴졌던 것이다. 막상 자리를 잡고 앉으니 먼저 입을 뗀 쪽은 현우였다.

"너, 그거 아냐? 승현 선배랑 주희랑 헤어졌대!"

"뭐?!"

민욱은 머릿속에서 여러 가지 생각이 스쳐 지나갔다. '그럼, 양다리가 아닌 건가? 환승이별? 얼마 전까지도 학교에서 같이 가는 걸 본 것 같은데?'

"넌 어떻게 알아, 그거 믿을 만한 얘기야?"

민욱의 말에 현우는 빨대를 입에 물고 아메리카노를 쭈욱 들이키고는 이내 옅은 한숨을 내뱉고서 입을 열었다.

"승현 선배가 은근 입이 싸더라."

"그게 무슨 말이야?"

민욱은 뜻밖의 현우의 말에 두 눈을 휘둥그레 뜨고서 되물었다.

"아니, 우리 동아리에 철학과 형이 있는데 내가 그 형이랑 좀 친하거든. 이 형은 좀 독특한 게 동아리에서 기도 모임이나 성경 공부할 때는 되게 해박한 성경 지식과 열정적인 기도를 하는 모습을 보이다가도 술 마시고 노는 데는 또 빠지지 않는 그런 형이야. 뭐, 그런 사람 있잖아. 신앙인이기는 하지만 굳이 딱딱하게 경직된 모습은 싫은 그런 사람. 암튼, 이 형이 친한 친구랑 맥주 한잔 하기로 했다고 하면서 기도 모임 끝나고 같이 가서 한잔 하자길래 나도 따라갔지. 근데, 거기에 의외로 승현 선배가 있는 거야. 이 형이랑 승현 선배랑 서로 고등학교 동창이라고 하더라고. 어쨌거나 난 일단 합석을 했지. 그런대로 분위기는 좋았어. 남자 셋이서 맥주에 소주 섞어 마시면서 오돌뼈, 닭발 등을 먹다 보면 금방 편한 분위기 나오잖아? 그날 다들 취해서 이런저런 얘기들을 하게 됐지."

"승현 선배랑 같이 한잔 했다고?"

"어, 그렇게 셋이서 마시다가 좀 취기가 오르니까 대학생이랍시고 쥐뿔도 모르는 정치 얘기 같은 거 좀 하다가 자연스레 여자 얘기로 흘러갔지. 여자 얘기로 흘러가니까 승현 선배가 갑자기 입에 모터를 달더라구. 그동안 사겼던 여자들 얘기가 줄줄 나오는데…"

현우는 하던 말을 멈추고 이내 민욱의 얼굴을 바라보았다. 현우가 어딘가 주저하고 있다고 생각한 민욱은 얼른 현우를 재촉했다.

"야, 계속 말해봐. 말하다 말고 왜 갑자기 나를 보는 거야?"

"그게 말이야… 너무 노골적이더라구."

"뭐가?"

"아니, 뭐. 남녀가 서로 사랑하면 하는 거 있잖아. 그걸 너무 자세하게 묘사하더라는 거지. 마치, 전쟁영웅이 따낸 훈장 마냥 내가 이 여자랑 어떻게 어떻게 했고, 저 여자는 어떠했고, 그리고 주희는 뭐… 가슴이 뭐… 생각보다…"

민욱의 얼굴은 어느새 빨갛게 달아올랐다. 두 눈은 주체할 수 없는 분노로 이글거리는 듯했다. 현우는 잠자코 민욱을 바라보고 있었다. 여전히 분노가 가라앉지 않은 표정으로 괜시리 현우에게 눈을 흘기는 민욱이었다.

"그 자식이 정확히 뭐라고 했는데?"

현우는 괜한 어색함에 고개를 반대로 돌리며 들릴듯 말듯한 목소리로 말했다.

"뭐, 가슴이 생각보다 작았다고… 그러더라고…."

민욱의 두 손은 부들부들 떨리고 있었다. 그런 말들을 아무한테나 내뱉는 승현선배의 가벼움에 치가 떨려 왔다.

"야, 뭐, 그런 애들 많잖아. 술만 마셨다 하면 지가 카사노바라도 되는 양 '이 여자랑 잤네, 저 여자랑 했네' 하면서 떠벌리는 애들. 뭐, 그런 애들 중에 하나인 거지."

현우는 괜히 너스레를 떨며 민욱의 마음을 진정시키려 하였으나 민욱의 귀에는 별로 들어오지 않았다. 민욱은 답답한 마음에 현우 쪽으로 고개를 돌리며 입을 열었다.

"대체 여자들은 왜 그런 남자를 만나는 거야?"

"뒤로는 그런 식으로 얘기하는 걸 모르니까, 잘생기고 집안 좋고 뭐, 그러니까, 여자들이 좋아하는 거겠지."

현우의 말에 민욱이 다소 서글픈 눈빛을 띠며 말했다.

"하긴, 좀 잘나간다는 남자애들 중에 그런 애들 많아, 그렇지? 그렇잖아. 술만 마셨다 하면 지가 무슨 대단한 뭐라도 되는 것마냥 만났던 여자들 읊어대면서 굳이 할 필요 없는 얘기까지 해가면서…"

"그렇지, 뭐, '너네들은 한번 만나기도 힘든 인기녀를 나는 이런 식으로 해도 될 정도로 너네와 나는 격이 다른 존재야, 이 찌질이들아.'라고 얘기하려는 듯한, 뭐 그런 것이랄까?"

현우는 이렇게 말하며 가볍게 한숨을 내뱉었다. 한동안 둘은 서로 아무 말도 없다가 갑자기 민욱이 벌떡 일어서며 격앙된 목소리로 말했다.

"야! 나 오늘 강승현 이 자식을 가만두지 않을 거야!"

현우는 그런 민욱을 바라보며 한마디 툭 던졌다.

"뭐, 가만두지 않으면, 네가 주희 남자친구라도 돼?"

순간 다시 찬물을 끼얹은 듯 둘 사이에 정적이 흘렀다.

"그, 그런가?"

민욱은 머쓱한 표정으로 현우를 보았다. 마치 패배한 개가 꼬리를 내리는 모습처럼 보였다.

"야! 거기나 가보자!"

뜬금없는 현우의 말에 민욱은 두 눈을 동그랗게 뜨며 되물었다.

"어디?!"

"어디긴 어디냐? 밴드부 연습실!"

이렇게 말하며 현우는 민욱의 대답은 굳이 듣지도 않은 채 벤치에서 일어나 성큼성큼 앞서 걷기 시작했다.

"아, 우혁 선배?! 야, 야! 같이 가!"

그래도 좋아?

찌이이이잉~~~~♬

기타사나이 우혁의 연주는 한 마리 짐승의 슬픈 포효와도 같았다. 민욱과 현우는 소주가 든 종이컵을 든 채로 우혁의 연주를 듣고 있었다. 서서히 날이 저물이 감과 동시에 갑자기 컨테이너 하우스 천장에 투둑투둑 하는 빗방울 떨어지는 소리가 났다. 우혁은 기타코드를 바꿔집더니 90년대 대표 락발라드 김종서의 '겨울비'를 연주하기 시작했다. 굵은 빗방울 소리를 드럼소리 삼아 한동안 우혁의 연주가 계속되었고 지금의 분위기와 딱 들어 맞는 듯했다. 연주가 끝나자 민욱과 현우는 열심히 박수를 쳐댔다. 하지만 우혁은 다소 심드렁한 표정으로 민욱과 현우를 향해 쏘아붙이듯 말했다.

"그래서, 날더러 어떻게 해달라는 거야?"

"네?"

민욱과 현우는 우혁의 뜻밖의 말에 별다른 대꾸를 하지 못한 채 서로를 보았다가 다시 시선을 우혁에게로 향했다.

"너희들의 이야기는 내가 잘 들었어. 그래서 뭘, 어떻게 해달라는 건데?"

이렇게 말하며 우혁은 연주하는 동안 앉아 있었던 플라스틱 의자에서 일어나 민욱과 현우의 맞은편 바닥에 털썩하고 앉은 뒤, 소주가 담긴 종이컵을 입으로 가져가 훌훌 털어넣었다. 그리고 앞에 있던 감자칩을 한 움큼 쥐고서 90년대 스타일의 터프가이 마냥 우적우적 씹어대기 시작했다.

"그…러…니까…"

민욱이 무슨 말을 하려다가 별로 이어가지 못했다. 생각해 보면 우혁의 말이 맞았다. 현우와 함께 벤치에 앉아 서로 얘기를 나누다 답답한 마음에 소주 한 병과 감자칩을 사 들고서 우혁 선배가 있는 밴드부 동아리방인 이곳 컨테이너 하우스를 다시 찾았다. 밴드부라고는 하나 사실상 우혁 선배 외의 다른 부원들은 딱히 있어 보이지 않았다. 하지만 이 부분에 대해서는 굳이 현우와 민욱 누구도 우혁에게 물어본 적은 없었다. 아무튼, 우혁 선배를 보자마자 민욱은 현우와 함께 서로 나눴던 이야기를 모두 털어놓았던 것이다. 이야기는 끝이 났고 우혁은 '겨울비'를 연주했고, 그게 다였다. 우혁이 툭 하고 내뱉은 '그래서 뭘 어떻게 해달라는 거야?'라는 한마디! '대체, 우리가 우혁 선배로부터 무슨 얘기가 듣고 싶어서 이곳에 온 거지?' 민욱과 현우는 이런 질문을 주고받는 듯이 서로를 다시 바라보았다.

"하아…"

우혁이 갑자기 큰 한숨을 내뱉었다. 그리고는 입을 열었다.

"그래서, 너네가 아직 애송이라는 거야. 아무런 맥락이 없잖아. 맥락이! 나를 왜 찾아왔는지, 내게서 어떤 답을 얻고 싶은지에 대한 아무런 생각도 없이 그저 순간 분노와 답답한 감정에 휩싸여 내게 와서 하고 싶은 말들을 털어냈지. 그게 다잖아. 내가 그 승현이라는 사람을 찾아가 '선배의 참교육이다!'라고 하면서 회초리질이라도 해주랴? 걔가 99학번이랬지? 난 걔보다 학번이 높으니까 … 암튼."

민욱과 현우는 아무런 말도 하지 못했다. 우혁은 잠깐 멈추었다가 또 한 번 가볍게 한숨을 내뱉더니 약간의 체념조로 말을 덧붙였다.

"하긴, 뭐, 그런게 1학년생들의 매력이라면 매력이기도 하지. 어딘가 순수한 느낌? 찌질한 듯, 순수한 듯…"

우혁은 소주 한잔을 다시 한번 들이키고서 민욱과 현우를 번갈아 바라보았다.

"기왕에 너네 얘기를 들었으니 그냥 뭐, 일단 내 생각을 두서없이 말해볼게. 너네도 내게 두서없이 말했으니까 그러려니 해."

"저희야 선배가 어떤 말이라도 해주시면 좋죠."

현우가 말했다. 우혁은 검정색 스피커위에 올려둔 담배를 집고서는 라이터로 불을 붙였다.

"사실 말이야, 주회라는 애가 불쌍한 건, 걔는 이제 과 내에서 마치 벌거벗은 거나 다름 없다는 거야. 승현이라는 애는 분명 술만 마시면 술자리에서 친구들에게 자랑하듯 주회라는 애와 있었던 일을 얘기할 게 뻔하거든. 뭔 말인지 알지? 그러니까, 지가 과에서 가장 예쁜 여자 후배랑 잔 것을 대단한 능력인 것마냥 자랑할 거라는 거지. 마치, 이런 건 내게 있어 아무런 일도 아니라는 듯이 말이야. 승현이란 애는 딱 그런 수준이야. 내가 듣기에."

민욱과 현우는 굳이 부정할 이유가 없었다.

"자, 그러면 여기서 중요한 건 바로 민욱 너의 마음이야."

우혁 선배의 말에 민욱은 깜짝 놀란 표정을 지었다. 우혁은 그런 민욱을 바라보며 이야기를 이어갔다.

"이미 걸레가 되어버린 주회라는 여자애가 여전히 좋으냐는
…"

우혁의 말이 끝나기도 전에 현우가 다급한 목소리로 끼어들었다.

"선배! 그래도 걸레라뇨! 표현이 좀 그런 것 아닌가요?"

"그래? 하지만 승현인가 뭔가 하는 녀석이 그렇게 떠들고 다니면 결국 과에서는 그렇게 소문날걸? 아무튼 여기서 중요한 건 민욱이 너의 마음이야."

민욱은 한참 동안 말이 없다가 천천히 입을 열었다.

"저도 걸레 같은 애는 싫어요. 대학교 1학년이 벌써부터 남자랑 자기나 하고…"

다소 자조적인 듯한 느낌으로 짤막하게 내뱉고는 민욱은 자리에서 일어났다.

"가자, 현우야."

민욱은 어느새 컨테이너 하우스 문을 열고서 밖으로 나가 버렸다. 현우는 순간 어찌해야 할지 몰랐으나 종이컵에 반쯤 담긴 소주를 입안으로 홀홀 털어 넣고는 우혁에게 간단히 눈인사만 한 뒤, 황급히 민욱을 따라 나섰다.

"훗!"

우혁은 일순간 의미를 알 수 없는 코웃음을 치더니 기타를 들고서 다시 한번 겨울비를 연주하기 시작했다.

♪

겨울비 내린 저 길 위에는

회색빛 미소만

내 가슴 속에 스미는

이 슬픔 무얼까

사랑의 행복한 순간들

이제 다시 오지 않는가

내게 떠나간 멀리 떠나간

사랑의 여인아

♪

컨테이너 하우스를 나와, 앞서 걸어가고 있는 민욱을 향해 현우는 성급히 달려갔다. 달려가면서 얼른 우산을 켠 뒤 민욱의 옆에 서며 우산을 씌어주었다.

"야! 비오는데 뭐하는 거야?!"

현우를 바라보는 민욱의 두 눈은 빨갛게 변해있는 듯했다.

"너 울었어?"

"아냐! 병신아! 비야, 비 오잖아! 나 간다!"

이렇게 말한 민욱은 우산 밖으로 훌쩍 나와 비를 맞으며 성큼 성큼 걸어갔다. 현우는 그런 민욱을 그저 바라보기만 했다. 차마 민욱에게 더 다가갈 수가 없었다.

민욱 너머 승현!

어느새 2학기도 마무리가 되고 겨울 방학이 되었다. 민욱은 토익 공부를 하기 위해 학교 도서관에 나와 하루종일 있다가 집으로 가곤 했다. 점수가 오르고 있는지는 잘 모르겠고 그렇게 방학을 때우자는 식이었다. 현우는 기독교 동아리에서의 여자친구 사귀기 전략이 확실히 결실을 이루고 있었다. 며칠 전 현우에게서 전화가 와서는 선교동아리 활동을 같이 하던 일어과 여선배와 사귀기로 했다는 말을 전해 들었다. 민욱은 현우의 말을 듣자마자 그녀가 지난번 파마머리 검은 코트녀일 것이라는 확신이 들었다. 현우마저 연애하느라 바빠지자 더욱 외로워진 민욱이었다. 민욱은 혼자서 공부를 하다가도 문득 우혁 선배의 말이 떠오르곤 했다. '중요한 건 민욱이 너의 마음이야.' 어떤 것이 자신의 마음일지 계속 되뇌어보는 민욱이었다. 솔직히, 주희와 썸을 탄 것도 아니고 아무것도 아닌 상황에서 혼자 그녀에 관한 이런저런 생각을 하는 게 스스로 웃기기도 했다. 우혁 선배는 그날 걸레라는 단어까지 써가면서 도발하듯 민욱의 마음을 쿡 찔러 버렸다. 그날 이후 민욱은 아직까지 우혁 선배가 있는 그 컨테이너 하우스에는 한 번도 다시 가지 않았다. 현우 역시 그날 이후 민욱에게 굳이 그곳에 가자는 말을 한 적은 없었다. 물론, 현우가 그날 이후 그곳에 몇 번 더 간 적이 있는지는 민욱으로서는 모를 일이었다. 어쨌거나 지금 현우는 여자친구 사귀는 데 성공한 상태이고, 그렇다는 것은 적절한 타이밍에 고백을 했다는 뜻일텐데, 그동안 민욱만큼이나 연애에 소질이 없었던 현우가 그런 과정을 잘 거치고서 목표 달성을 했다는 것은 어쩌면 민욱 몰래 몇 번 더 우혁 선배의 조언을 듣기 위해 그곳을 들락날락했을지도 모른다는 생각이 들기도 했다. 그러든가 말든가, 민욱으로서는 주희에 대해 거의 막말에 가까운 단어를 내뱉은 우혁 선배가 영 껄끄럽게만 느껴졌다. 그래서 그곳을 더는 찾지 않았고 그러다가 기말고사 기간이 되어 정신없이 시험을 치르고 나니 어느새 겨울 방학 되어 있었던 것이다. 도서관에서 공부한 답시고 앉아는 있었으나 머릿속이 도통 정리되지 않던 민욱은 음료수나 한 캔 마실까 하여 자리에서 일어나려는 찰나 핸드폰 진동이 울리는 것을 느낄 수 있었다.

오주희

놀랍게도 주희가 민욱에게 전화를 한 것이었다. 신입생 환영회 술자리에서 얼떨결에 서로 핸드폰 번호를 주고 받은 적은 있었으나 그동안 실제로 연락을 주고받은 적은 없었다. 그러니만치 민욱은 순간 당황하지 않을 수 없었다. 주희가 왜 전화를 한 거지? 떨리는 손으로 핸드폰을 든 채, 귓가로 가져 갔다.

"어, 주희야, 네가 웬일이야?"

그때 의미 없이 주고받은 번호가 뜻밖에도 연결고리가 되어줄 줄이야. 민욱은 주희와 만나기로 한 곳으로 향했다. 도서관 밖으로 나와 학교의 후문으로 향하고 있는 와중에 또 한 번 핸드폰 진동이 울렸다.

정현우

민욱은 현우와도 통화를 하고 싶었으나 일단은 전화를 받지 않은 채, 얼른 주희와의 약속 장소로 향했다. 학교 후문을 나와 길을 건너 골목길로 한참 들어가 비로소 주희와 만나기로 한 조그만 커피집 앞에 도착했다. 크리스마스는 이미 지났건만 문 앞에 작은 트리가 여전히 놓여 있었다. 문을 열고 들어가자 저쪽 구석 자리에 모자를 눌러쓴 주희가 앉아 있었다. 민욱은 성급히 걸어 주희 쪽으로 와 맞은편 자리에 앉았다. 학교와 좀 떨어진 곳에서 보자고 한 것은 아마도 과 사람들의 눈에 띄고 싶지 않기 때문일 것이라고 민욱은 짐작했다. 커피를 앞에 놓고서 둘은 천천히 대화를 시작했다.

"내가 너를 불러낸 건… 다른 게 아니라 그냥 갑자기 네 생각이 나더라구. 나 승현 선배랑 헤어진 건 알고 있지?"

"그, 그렇지. 뭐."

"하긴, 과에 소문 다 난 것 같더라. 뭐, 다른 사람 연애에 관심이 많은 걸 수도 있고 아니면 누군가가 떠벌리고 다니는 걸 수도 있고."

민욱은 주희를 바라보았다. 주희가 말하는 누군가는 승현 선배를 의미하는 것이리라. 주희는 담담하게 말했으나 민욱은 오히려 자신이 약간 감정에 동요되기 시작했음을 느낄 수 있었다. 헤어진 뒤 여자친구와 있었던 사적인 일들을 술자리에서 떠벌리며 센척하는 것은 참으로 비겁한 행동이라는 생각에 분노가 다시금 차오른 것이다.

"야! 넌 남자 보는 눈 좀 키워라!"

뜬금없이 주희를 향해 타박하듯 한마디를 툭 던져버렸다. 뜻밖의 말에 주희는 두 눈을 동그랗게 뜨면서 민욱을 바라보다가 이내 웃음을 터트렸다.

"호호호, 그러게 말이야. 그래서, 좋은 남자는 어떤 남자인데?"

주희의 말에 민욱은 순간 말문이 막혀버렸다. '나 같은 남자!'라고 할 수도 없는 노릇이었다. 어쨌거나, 이별 후 뒤처리가 깨끗한 사람을 만나야 한다는 건 분명했다. 하지만 그것은 헤어져 보아야 비로소 알 수 있는 일! 민욱은 군이 주희에게 자신을 왜 불러냈는지에 대한 질문은 하지 않았다. 갑자기 자기가 생각났다는 주희의 말에서 주희가 학교에서 속을 터놓고 얘기할 친구가 정말 없다는 것을 충분히 짐작할 수 있었기 때문이다. 밋밋하다면 밋밋하지만 편안하다면 편안한 자신의 이미지가 한몫한 것 같다는 생각이 들었다.

"그래도 너한테 연락하길 잘한 것 같아. 처음에는 할까 말까 고민했었는데."

주희가 옅은 미소를 지으며 말했다. 그리고 커피를 한 모금 마시더니 말을 이어나갔다.

"내가 학교 들어오자마자 거의 바로 씨씨[9]가 되었잖아. 그러다 보니 별로 친구가 없었거든. 그런데 헤어지고 나니까 정말 연락

---

9) 캠퍼스 커플

할 데가 없는 거야. 그래도 그나마 너랑은 좀 약간이라도 얘기를 했었잖아. 진짜 이렇게 되고 나니까 학교에서 연락할 사람은 너밖에 없더라."

민욱은 '어쩌면 이거 그린라이트가 켜지는 건가?' 하는 생각이 순간 들었으나 이내 경박한 자신의 생각을 날리려는 듯 고개를 좌우로 살짝 흔들고는 그저 옅은 미소만 지을 뿐이었다. 둘의 대화는 나름 순조롭게 흘러갔다. 이런저런 일상들을 얘기하며 간간이 웃음 포인트도 있는 꽤 괜찮은 대화였다. 주희의 표정이 처음보다는 많이 좋아진 것 같았다.

"나 잠깐 화장실 좀 다녀올게."

이렇게 말한 주희는 커피집 밖으로 나갔다. 화장실은 건물 2층 복도에 있는 구조였다. 얼마의 시간이 흘렀을까, 다시 커피집 문이 열리는 소리가 났다. 민욱은 별 생각 없이 그곳을 향해 눈을 돌렸는데 뜻밖에도 승현 선배가 들어오고 있는 것이 아닌가? 민욱은 여간 당황한 것이 아니었다.

"어? 네가 여기 웬일이야?"

민욱은 무어라 할 말이 떠오르지 않았다.

"아, 네, 그러니까…."

"나 만나러 온 거야!"

민욱과 승현은 소리가 나는 쪽으로 고개를 돌렸다. 그곳에는 어느새 주희가 서 있었다.

"그러는 오빠는 여기 웬일이야?"

주희가 차갑게 말했다. 이번에는 승현이 약간 당황한 듯 머뭇거렸다. 그때, 커피집 문이 또 한 번 열리는 소리가 나더니 한 여성이 들어왔다. 민지였다. 민욱은 또 한 번 깜짝 놀라며 민지를 보았다. 민지는 민욱을 보며 반갑게 인사하려 하였으나 어딘가 기류가 이상한 듯한 세 사람의 표정에 조금 당황했는지 약간 수그러드는 목소리로 민욱에게 인사를 건넸다. 그리고는 얼른 승현을 보며 말했다.

"오빠, 여기서 뭐해? 자리 안잡고?"

"어, 그, 그래."

민지의 말에 승현이 짧게 답한 뒤 최대한 민욱과 주희의 자리에서 먼 곳에 있는 자리를 찾아 앉았다. 먼 곳이라고 해봤자 커피집 자체가 워낙 좁은 곳이었기에 서로의 말소리가 다 들리는 그런 거리였다. 각자 자리에 앉았지만 좁은 커피집 안에 흐르고 있는 어색한 기류는 여전했다. '그냥 나가자고 해야 하나?' 이런 생각을 하며 앞에 있던 커피를 들고서 한 모금 마시는 민욱이었다. 커피집에 다른 손님이 없다 보니 어색함이 더욱 극대화 되어 갔다. 그때 주희가 민욱을 보며 입을 열었다. 목소리는 평소보다 한 톤 정도 높아져 있었다.

"여기가, 내가 전 남친과 자주 오던 데거든. 학교에서 적당히 거리가 있어서 다른 학생들이 별로 오지 않아 방해받지 않는 아지트 같은 곳."

주희는 민욱에게 이야기하는 것처럼 하였지만 사실은 승현 쪽을 염두에 두고서 하는 말이 분명했다. 별다른 대꾸 없이 그런 주희를 물끄러미 바라보기만 하는 민욱이었다. 주희는 작심한 듯 또박또박 입을 열어 이야기를 계속 해나갔다.

"근데 말이야, 얼마 전 개랑 헤어졌는데 말이지, 알고 보니 완전 쓰레기더라구."

민욱은 순간 마시던 커피에 사레들려버렸다. 콜록콜록 소리를 내는 민욱의 모습에도 아랑곳할 것 없이 주희는 하던 말을 이어갔다.

"아니, 글쎄 별다른 이유도 말한 적 없으면서 이별을 문자 하나로 툭 하니 통보해놓고 연락을 끊어버리는 그런 무책임한 사람이 설마 내 남친일 줄을 누가 알았겠니? 지가 날 꼬실 땐 언제고 그렇게 문자 하나로 이별 통보하는 건 또 뭐야? 이거 어떻게 생각해?"

이렇게 말하며 주희는 민욱을 정면으로 쳐다보고 있었다. 민욱은 난감한 표정과 함께 검지 손가락으로 자신을 가리키며 '너 지금 나더러 그 질문에 대답을 하라는거야?'라는 의미를 담은 눈빛을 주희에게 보냈다. 주희는 그렇지 않아도 큰 눈을 더욱 동그랗게 뜨며 대답을 강요하는 듯한 눈빛으로 고개를 끄덕였다. '이를 어쩐다...' 난감함을 느끼면서도 민욱은 주희의 요구에 응하지 않을 수 없었다.

"그, 그렇지. 그런 건 아무래도 좀 너무한 처사라고 할 수 있지."

참으로 기계적인 뻔한 답변이었으나 주희는 손뼉까지 치며 화답했다.

"그렇지? 너도 그렇게 생각하지?"

"어, 아, 아무래도…."

민욱은 애써 주희만을 바라보며 대답했다. 주희는 작정한 듯 말을 이어나갔다.

"게다가 말이야, 이별했으면 그냥 입이나 다물고 있을 것이지. 한때 자기가 사랑한다고 했던 여자에 대해서 이런저런 뒷담화를 하면서 그 여자를 사람들 앞에서 완전히 벌거숭이처럼 만들어버리는 그런 행동들은 또 어떻게 봐야 하는 거야?"

주희의 지금 이 말에는 민욱이 선뜻 맞장구를 치지 못했다. '이미, 주희는 다 알고 있는 걸까? 현우에게서 들었던 그런 내용들. 승현 선배가 술자리에서 그런 얘기들을 떠벌리고 다닌다는 것을…' 아무 말도 못한 채 멈춰있는 민욱을 보며 주희는 계속 자기 할 말을 내뱉었다.

"내가 아는 언니가 그러더라고. 문자로 손쉽게 이별 통보를 하는 무책임한 남자는 이별한 연인 사이에 마땅히 지켜주어야 하는 그런 비밀도 지켜주지 않을 거라고 말이야. 애초에 책임감이 결여되어 있다보니…."

민욱은 슬쩍 눈을 돌려 승현과 민지가 있는 쪽을 보았다. 승현은 뒷모습만 보였기에 그 표정을 잘 볼 수 없었으나 민지는 어딘가 어색해하는 표정으로 이쪽을 보고 있었다. 갑자기 승현이 일어나더니 민지의 손을 잡고서 커피집 밖으로 나갔다. 그와 동시에 주희도 하던 말을 멈추었다. 한참을 아무 말 없던 주희는 '휴~' 하고 다소 자조적인 표정으로 한숨을 내쉬더니 나직이 내뱉었다.

"내가 지금 뭐 하는 건지 몰라."

이렇게 말한 주희는 민욱을 바라보며 말했다.

"미안한데 나 먼저 좀 일어날게."

"어, 그래."

민욱은 성급히 나가는 주희의 뒷모습을 보면서 다소 어안이 벙벙한 느낌으로 반쯤 남아있던 커피를 천천히 입으로 가져갔다.

찌질한 새끼!

주희는 정신없이 걷기 시작했다. 특별히 목적지가 있었던 것은 아니었다. 그저 일단 그곳에서 멀어지고 싶었다. '내가 지금 뭘 하고 있는 거지?' 하는 의문이 머릿속을 뒤덮었다. 승현의 얼굴을 보자 화기 치밀어 민욱에게 말하는 척하며 승현에게 들으라는 듯 이런저런 말들을 거침없이 내뱉었지만 과연 잘한 일인지? '그래, 잘한 것 같아. 이것도 일종의 작은 복수라면 복수일수 있어. 아마 옆에 있던 그 여자애도 어딘가 찜찜하겠지?' 이렇게 생각하며 주희는 한참을 걸었다. 학교 앞 지하철 역에 다다랐을 무렵, 목적지는 없었으나 일단 지하철을 타고 보자는 생각에 주희는 표를 끊은 뒤 개찰구를 통해 들어가자마자 때마침 달려오고 있던 전철에 곧바로 몸을 실었다. 별다른 목적지는 생각나지 않았고 그저 얼른 빈자리를 찾아 앉을 뿐이었다. 덜컹덜컹

하는 소리와 가다 서다를 반복하는 것이 차라리 정리되지 않는 자신의 감정을 어루만져주는 위로의 손길처럼 느껴졌다. 자신이 사랑했던 남자에 대한 배신감. 대학에 들어오자마자 사귀게 된 사람이었기에 첫사랑이나 다름없었다. 문자 이별이 다소 찜찜하기는 하였으나 이것도 '내가 매력이 없어서 그랬겠거니' 하며 이해하려 노력했다. 대학교에 들어온 후 신입생 오리엔테이션 엠티를 갔다 옴과 거의 동시에 승현과 사귀게 되었고 이후로는 학교에서 늘 승현과 함께 다녔으니 다른 친구를 사귈 여유도 그럴 필요도 없었다. 이별한 뒤 같은 과 사람들이 자신에게 거리를 두는 듯한 느낌이 들었던 것도 별로 이상하다고 생각하지는 않았다. 원래, 그다지 깊은 교류가 있던 사람들이 아니었으니까. 하지만 승현에 대한 배신감이 극도로 커진 것은 그 이후의 사건 때문이었다. 그동안 너무 연애에만 치중했던 나머지 새삼 공부도 좀 해야겠다고 생각한 주희는 책을 챙겨 들고서는 도서관으로 향했다. 처음에는 별생각 없이 중앙도서관으로 향했는데 슬슬 과 사람들과도 좀 더 교류를 해야겠다는 생각에 경영대 건물 꼭대기층에 있는 경영대 도서관으로 발걸음을 옮겼다. 도서관에 들어가기 전 잠깐 화장실에 들렀던 것이 화근이었다고 해야 할까? 드라마에서나 보던 장면. 나는 칸막이 안에 있는데 밖에서 들리는 내 뒷담화.

"주희 걔 이번에 승현 선배한테 차였다고 하더라구."

"나도 들었어. 그런데 걔가 그렇게 밝힌다며?"

'밝힌다'라는 한마디가 주희의 가슴을 쿡 하고 찔렀다. '밝힌다고? 뭘? 아니, 뭘 근거로 그런 얘길 하는 거지?' 두 사람의 뒷담화는 계속되고 있었다.

"걔가 그렇게나 승현 선배를 귀찮게 했다는 거야. 공강 시간만 되면 자기 자취방에 오라면서 막, 난리도 아니었대."

"그러니까. 야, 솔직히 남자들은 웬만하면 여자랑 하는 거 좋아하잖아? 하지만 얼마나 밝혀댔으면 남자가 헤어지자고 했을까?!"

"푸핫! 그러니까 말이야. 내가 걔 처음 봤을 때부터 어딘가 색기 같은 게 있다고 생각했었어. 얼굴 봐봐. 딱 남자 홀리게 생긴 게 완전 술집 여자 아니니? 옷도 맨날 딱 붙는 옷에 완전 짧은 치마만 입잖아. 아무튼, 승현 선배가 얼마 전 술자리에서 내 남친한테 그랬다고 하더라고. 걔가 너무 밝히니까 하다 하다 질려서 차버린 거라고… 암튼, 생긴 대로 논다니까."

"그러니까, 걔 완전 처음부터 밥맛이었다니까. 지 혼자 잘난 듯이 은근 사람 무시하는 표정으로 아는 척도 안하더니 뒤에서 완전 호박씨 까고 있었네. 내가 신입생 엠티 다녀와서 학교 정문 지나다가 우연히 마주쳐서 인사했는데 쌩까고 그냥 가더라니까! 내가 그때 얼마나 민망했는데!"

떠드는 소리는 점점 멀어져가며 이내 잦아들었다. 주희는 칸막이 안에서 나가지도 못한 채 부들부들 떨고 있었다. 많은 것이 왜곡되어 사람들 사이에서 이야기가 돌고 있다는 확실한 증거였다. 사실, 주희의 독보적인 외모는 다른 여학생들의 질투를 사기에 충분했다. 물론, 특유의 도도함을 가진 주희의 태도가 과 내 다른 사람들의 반감을 산 것도 어느 정도 원인이라면 원인이었다. 아랑 언니를 만났을 때 언니가 고민끝에 해준 얘기가 생각났다. 문자로 이별 통보를 하는 무책임한 남자인만큼 뒤끝이 좋지 않을 수도 있다는 우려 섞인 언니의 말. 그게 바로 이런 걸 말하는 것이었을까? 남녀가 사귀면서 생긴 둘만의 비밀들. 이런 것들은 헤어지더라도 비밀로 남겨주어야 하는 것이 서로에 대한 기본 매너 아닌가? 그나마 위로가 되는 것이 있다면 '야, 너만 그런 게 아냐. 사랑이란 건 누구나 다 이런저런 아픔들을 겪으며 배우게 되는 거야. 지금 내가 하는 말이 뭔지 잘 모르겠지만 그 남자가 너의 뒤통수를 때렸다는 느낌이 들거든, 바보처럼 배신감에 젖어 울고만 있지 말고 지금 언니가 하는 말 잘 듣고 당당하게 아무 일도 없었던 것처럼 그렇게 네 일을 하면 돼. 알겠지?'라고 했던 그날 술자리에서 헤어지기 전에 해준 아랑 언니의 조언뿐. 아랑은 그날 승현에 대한 세세한 이야기를 듣더니 바로 이러한 말을 주희 앞에서 내뱉기도 했었다.

"X나 찌질한 새X!"

주희는 자기도 모르게 언니의 그 한마디를 혼잣말로 속삭였다.

쐐기를 박다

지하철의 덜컹거리는 소리가 새삼 주희의 두귀를 파고들었을
때 주희는 문득 고개를 들어 지금 자신이 어디쯤 왔는지를 확인
했다. 어딘가 목적지를 정해야겠다고 생각했을 때 옆에서 한 커
플이 최근에 본 영화에 대한 이야기를 하고 있었다. 주희는 문
득 혼자서 보러 가는 영화도 나쁘지 않다는 생각을 하며 종로
로 향하는 지하철로 옮겨탔다. 뉴밀레니엄시대, 극장의 메카는
역시 종로3가였다. 종로에 도착한 주희는 극장 앞 매표소로 향
했다. 한때는 이곳도 승현과 함께 자주 왔던 곳이었다. 하지만
그런 건 신경 쓰지 않았다. 아무렇지도 않은 듯 마음 가는 대로
하는 것이, 이 더러운 이별이 주는 후유증을 빨리 벗어날 수 있
는 길이라고 생각했던 것이다. '영화를 보고 나면 인사동길을 좀
걸어야지.'라고 생각하는 주희였다. 표를 끊기는 하였으나 아직

시간이 남아 있었다. 영화관 건물 지하에 커피집이 있어 그곳으로 들어가 따뜻한 아메리카노를 한 잔 시킨 뒤 구석자리에 앉았다. 그러고는 별 생각 없이 주위를 두리번거리며 둘러 보았는데 주희는 그만 깜짝 놀라고 말았다. 사람들이 많이 모여있는 커피집, 그 안쪽 자리에 승현과 아까 보았던 그 여자가 떡하니 앉아 있는 것이 아닌가? '이런 X같은 경우가 있나.' 하는 생각이 절로 드는 주희였다. 그나마 다행인 것은 그 두 사람은 현재 주희가 같은 공간에 있다는 것을 알아차리지 못한 것 같았다. 주희는 간신히 억누르고 있던 감정의 불길이 다시 스멀스멀 올라오는 것을 느꼈다. 승현에 대한 배신감으로 분노가 또다시 차오르고 있었던 것이다. 처음에는 당황스러운 마음에 조용히 그곳을 나오려 했다. 하지만 이내 생각을 바꿔버리는 주희였다. '아니, 내가 왜 쟤네들 있다고 피해야 해? 오히려 내가 피해자인데? 불편함은 지네가 느껴야지. 난 나 혼자 영화를 보러 여기에 왔고 그리고 아직 상영 시간이 되지 않아 이곳에서 커피를 마시며 기다리는 중이고, 시간이 되면 상영관으로 올라갈 예정인 거고!' 이런 생각들을 하며 주희는 오히려 편하게 자세를 고쳐 앉아 커피를 마시기 시작했다. 하지만, 그 두 사람에 대해 신경이 쓰이는 것까지는 차마 어쩔 수가 없었던 주희는 그들 쪽을 향해 슬쩍 슬쩍 눈길을 돌리곤 했다. 앞서의 커피집과는 달리 지금 이곳은 장소가 꽤 넓고 사람이 많다는 것이 한결 나은 점이었다. 승현과 새 여친으로 보이는 그녀가 서로 아무렇지도 않게 이야기한다는 것은 아까의 그 커피집에서 민욱을 바라보며 말했던, 하지만 실상은 승현과 그녀에게 들으라고 한 그 말들이 생각만큼 큰 파장을 일으키지는 못했던 것이라고 주희는 판단했다. 나름 큰맘 먹고 했던 자신의 복수극이 별로 먹히지 않았다는 사실을 놓고서 짐작해보면 아마도 승현이 그럴듯한 거짓말로 저 여자에게 둘러댔을 게 뻔하다고 생각하는 주희였다. 특히, 이전 커피집에서 상황이 벌어졌을 때 승현이 저 여자를 데리고 그 자리를 급히 나가버렸다는 것만으로도 저 여자가 바보가 아닌 딴에야 주희가 떠들어댔던 그 이야기들이 승현과 관련있다는 것을 모를 수가 없었기 때문이다. 주희는 이후의 상황을 상상해 보았다. 분명, 저 여자는 승현에게 무슨 일이냐고 따져 물었을 것이고 승현은 무언가 변명을 했을 것이다. 어떤 변명을 한 걸까? 어떤 변명을 했기에 그 순간을 모면하고서 지금 이렇게 이곳 카페에 함께 있는 것일까? 이렇게나 빨리 새 여친이 생겼다는 점을 놓고 보자면 어쩌면 자신은 환승이별을 당한 것일지도 모른다는 생각이 드는 주희였다. 그렇다면 사귀는 기간의 후반부는 분명 자신과 새 여친 사이에서 줄타기를 했을 것이고 그때 승현이 자신에게 늘어놓은 그럴듯한 말들은 모두 거짓말이었다는 결론이 나온다. 주희는 여기에 생각이 미치자 한 가지 단어가 떠올랐다. '친구'라는 두 글자! 승현이 친구들과 만나는 횟수가 많아졌고 늦게까지 연락이 되지 않는 날이면 친구 누가 어떻고 저떻고, 그래서 늦게까지 같이 술을 마셔야 했고 등등. 이러한 친구 관련 레퍼토리를 주희는 언제부턴가 꽤나 자주 들어야만 했던 것이다. 그러다가 어느 날 문자 이별을 당했던 것이고…. 이런 승현의 거짓말 레퍼토리를 떠올려 보면 지금 저 여자에게도 승현은 친구 핑계를 댔을 것이 분명하다고 주희는 생각했다. 여기에 조금 더 적극적인 상상을 추가해보았다. 승현은 새 여친에게 주희가 크게 떠들었던 말들이 자기 들으라고 한 게 맞기는 한데 그것은 사실 자기가 아닌 자기의 절친에게 전하라는 의미로 그렇게 한 거라고 하면서 슬쩍 화살을 피한 것이 아닐까? 그러니까 주희라는 애가 자기 절친의 여자친구이고 그러다 보니 자기 친구와 주희라는 여자 후배와 함께 셋이서 술자리 등을 할 기회들이 많았고 또 그러다 보니 자연스레 자기는 주희라는 애를 좀 알고 지냈던 거고 그러다가 자기 친구와 주희가 얼마 전 이별을 하였는데 친구 놈이 좀 더티하게 문자로 이별 통보를 했고, 아무튼 그 이후에는 당연히 자기로서는 주희라는 애를 전혀 만날 일이 없다가 우연히 오늘 그 커피집에서 다시 보게 된 것이고 아마도 자기 절친과의 이별의 앙금이 아직도 남아 있는 주희라는 애가 갑자기 커피를 술로 착각한 건지 뭔지 아무튼 취객이 헛소리를 늘어놓듯 소리높여 자기 절친에 대한 험담을 자기 들으라는 식으로 그렇게 말한 것이라고 현 여친에게 말했을 것이라는 것이 주희의 뇌피셜[10]에 입각한 추론이었다. 여기까지 생각이 미치자 완전히 혼자만의 상상에 감정이입 되어버린 주희는 또 한 번 발끈하며 열이 올라오기 시작했다. '뭐야, 이 새끼 그러면 또 나를 상또라이쯤으로 만든 거네!' 물론, 이것은 어디까지나 확실치 않은 그녀의 상상뿐이었으나 그런 것은 더 이상 하나도 중요하지 않았다. 주희의 머릿속에서는 이것이 이미 사실처럼 굳어져 버렸기 때문이다. 주희는 자기도 모르게 점점 더 흑화되고 있었다. '좋아! 그러면 어차피 상또라이가 된 내가 한 번 더 쐐기를 박아주겠어! 이 구역의 진정한 미친년이 바로 나라는 것을 진짜 제대로 보여주지!' 이런 생각을 하며 주희는 계속 승현과 현 여친의 양태를 지켜보고 있었다. 한참을 이야기하던 중 승현이 갑자기 자리에서 일어나더니 커피집 안쪽에 있는 화장실로 향했다. 주희는 '이때다!' 하는 생각으로 자리에서 일어나 승현의 현 여친이 있는 쪽으로 갔다. 가까이 다가가니 결국 그녀

---

10) 뇌 + 오피셜(Official)의 합성어로, 검증되지 않은 자신의 생각을 사실인 양 말하는 행위. "자기 뇌 내에서만 공식적인 생각", "자신의 뇌세포들만 공식적으로 인정하는 생각"으로 바꿔 말할 수도 있음.

도 주희를 보았고 적잖이 당황하는 표정이라는 것을 주희는 확실히 느낄 수 있었다. 하지만 주희는 전혀 아랑곳하지 않은 채 억지 웃음을 활짝 지어보이며 입을 열었다.

"어머나~ 우리 오늘 두 번째 뵙네요? 호호호호"

상대가 무어라 말도 하기 전에 주희는 하려던 말을 계속 이어나갔다.

"승현 오빠 여자친구이신가 봐요. 저는 전여친인데~ 호호호호. 제가 참 주책이죠? 아무튼 오늘 우리 이상한 인연인가 봐요. 두 번이나 카페에서 뵙네요. 혹시 지금 영화 보러 오신 건가요? 아까, 제가 제 친구한테 하소연하느라 했던 말들이 여간 불편한 게 아니었는지 승현 오빠가 댁의 손을 잡고서 황급히 나가더라구요? 그 말들을 다 들으시고도 이렇게 같이 영화관람 하시려는 거 보니 승현 오빠를 진심으로 사랑하시나 봐요. 아무튼, 즐거운 시간 되세요. 저도 영화 시간 때문에 여기서 잠깐 있던 거였는데. 어쩌면 영화도 같은 것이려나? 호호호호."

이렇게 말한 주희는 휙 하고 몸을 돌려 커피집 출구 쪽으로 유유히 걸어갔다. 전 여친이라고 말을 할 때 그 여자의 흔들리는 눈을 확실히 보았다. 쐐기를 박았다고 생각하는 순간 어느새 화장실에서 돌아온 승현의 다급한 목소리가 주희의 등 뒤에서 들려왔다.

"야! 오주희!"

승현의 외침에 굳이 응해 줄 이유는 없었다. 주희는 뒤도 돌아보지 않은 채 오른손을 살짝 올려 가운데 손가락을 펼쳐 보이며 유유히 앞으로 계속 걸어갈 뿐이었다.

좋은 사람

    민욱은 주희의 전화를 받고서 서둘러 종로로 향했다. 버스에서 내리니 어느새 꽤나 어둑어둑해져 있었다. 겨울이다 보니 6시만 지나도 어두워졌던 것이다. '오늘만 벌써 나를 두 번이나 부르네.' 이렇게 생각한 민욱은 한편으로는 기분이 묘하기도 했다. '두 번씩이나 나를 찾는다는 건 나름 그린라이트 아닐까?'하는 생각을 다시 한번 해보면서도 이내 고개를 가로저으며 주희를 보기로 한 곳으로 성급히 발을 옮겼다.

    "야! 이민욱!"

    멀리서 주희가 손을 흔들며 민욱을 부르고 있었다. '저렇게 나를 향해 열심히 손을 흔드는 것을 보면 어쩌면 진짜로 그린라이트?' 민욱의 머릿속은 온통 그린라이트냐 아니냐에 대한 생각으로만 가득했다.

"야! 너 저녁 먹었니?"

이렇게 말하면서도 주희는 별로 대답은 들으려 하지도 않은 채 얼른 따라오기나 하라는 듯이 앞서 걸었고 민욱은 그렇게 주희를 따라 술집이 밀집한 골목으로 향했다. 손님이 많아 보이는 나름 맛집처럼 보이는 삼겹살집으로 들어갔다. 삼겹살에는 역시 소주였다. 맛도 맛이겠으나 둘 사이의 어색함도 단번에 사라지게 해주었다. 고기를 구우며 한잔씩 주거니 받거니 하고 나니 어느새 주희와 민욱은 스스럼없이 큰소리로 웃으며 이런저런 얘기들을 나누고 있었다.

"그래서 말이야, 내가 그 여자한테 다가가서 내가 네 남친의 전 여친이다, 너네 영화보러 왔냐, 아까 내가 했던 얘기들 다 들었을 텐데 그러고도 걔랑 영화를 보고 싶냐 등등. 이런 뉘앙스의 말들을 막 늘어 놓았어."

주희는 어느새 술에 잔뜩 취해 혀꼬인 발음으로 이야기를 늘어놓고 있었다. 민욱도 거나하게 취한 채로 고개를 열심히 끄덕이며 '그렇구나, 그렇구나'하는 추임새를 열심히 넣어주고 있었다. 주희는 의자에 앉아 몸을 앞뒤로 흔들며 하던 말을 계속했다.

"진짜 내가 강승현 그 개새끼가 나를 완전히 짓밟고서, 지만 새 여친이랑 히히덕거리며 연애하는 꼬라지가 정말 보기 싫어서 그 년한테 그렇게 쐐기를 박고 돌아서 나왔는데 말이야… 막 엄청 긴장되고 떨리더니 막상 그러고 나니까 너무 속이 시원한 거야. 진짜, 대박, 완전 속 시원해! 걔네 지금 엄청 싸웠겠지? 헤헤헤."

민욱도 사실 자신의 고등학교 친구 민지가 어떻게 승현 선배와 사귀게 되었는지 그 내막이 무척이나 궁금했다. 왜 그렇게 여자들은 승현 선배처럼 나쁜 남자에게 빠져드는 걸까? 자기처럼 착하고 성실한 남자의 가치는 알지도 못한 채…. 민욱으로서는 도저히 풀어낼 수 없는 미스터리였다. 사실, 태생적으로 여자들에게 인기가 많은 승현같은 남자들에 대한 질투의 감정을 적잖이 느낄때도 있는 민욱이었다. 술도 취했겠다, 자기도 모르게 자기연민에 빠져들려는 찰나 주희의 호통이 귀를 때렸다.

"야! 너 내 얘기 듣고 있는 거냐?"

"어, 듣고 있어, 듣고 있어."

다소 당혹해하는 민욱의 얼굴을 쓰다듬으며 주희는 베시시한 웃음을 지었다. 그리고 술에 쩔어 꽐라가 된 목소리로 덧붙였다.

"헤헤, 귀여운 자식. 넌 정말 순수하고 착한 녀석이야. 진짜, 좋은 사람."

이렇게 말하던 주희는 옆으로 기울어지더니 쿵하는 소리를 내며 그만, 그녀의 머리를 벽에 박아버렸다. 그리고는 그 자세로 졸린 듯한 표정을 짓는가 싶더니 이내 스르륵 두 눈을 감아 버렸다.

좋은 사람!

연애라는 관점에서 본다면 이 말이 과연 칭찬으로만 해석될 수 있을까? '나쁜 남자'가 매력있는 남자의 다른 말이라고 한다면 '좋은 사람'은 밋밋한 현우의 캐릭터를 그대로 드러내는 것만 같았다. '네가 내게 해주는 배려는 설렘이 아닌 그저 호의로만 다가올 뿐.'이라는 의미 또는 '네가 내게 아무리 잘해주어도 내가 네게 해줄 것은 별로 없다.'는 선언처럼 느껴지는 그런 말. 주희가 내뱉은 이 한마디 말에 가슴이 납덩이처럼 덜컹하고 내려앉는 민욱이었다.

비가 정말로 오네

"이 자식은 토요일 아침부터 불러내고 있어!"

현우의 볼멘소리에 민욱이 되받아쳤다.

"지금이 아침이냐? 12시가 다됐다고!"

"암튼, 토요일이잖아. 나 좀 이따 여친 만나러 가야 하니까 대충 짧게 할 말만 해."

연애를 시작한 이후 부쩍 바쁜 척을 하는 현우의 모습에 민욱은 진심으로 짜증 섞인 눈초리를 보내며 현우를 흘겨보았다. 공대 건물들이 모여 있는 곳 한 귀퉁이에 자리한 벤치는 어느새 민욱과 현우의 비밀 담소를 나누는 곳이 되어 있었다.

"그러니까 주희에게서 연락이 와서 커피집에 있었는데 승현 선배 커플이 왔고 그리고 주희는 네게 하는 말인 척 하면서 승현 선배 들으라는 식의 말들을 했었다. 그리고 같은 날 저녁에 다시 주희에게서 연락이 왔고 너는 주희가 있다는 종로로 가서 함께 삼겹살에 소주를 마시며 나름 좋은 분위기에서 대화를 나누었는데 주희는 그때 네게 좋은 사람이라는 칭찬을 했다는 거지? 그리고 주희는 고기집 벽에 기대 잠들었고, 그날 술값은 당연히 네가 냈을 거고…"

"그, 그렇지."

민욱은 다소 불안한 눈빛으로 현우를 바라보았다. 왠지 현우의 다음 말이 예상 되는 것 같았다. 아니나 다를까!

"이 자식, 호구잡혔네. 호구잡혔어. 쯧쯧!"

현우는 혀를 차며 민욱을 향해 손가락질을 해댔다. 민욱도 현우와 같은 생각이긴 하였으나 그래도 혹시나 '나름 그린라이트로 해석할 측면이 있을 수도 있어.'라고 현우가 말해주지 않을까 하는 일말의 기대가 전혀 없었던 것은 아니었다. '혹시 자기가 놓친 그린라이트의 순간이 있을지도 모른다, 나는 비록 모르고 지나갔지만 제3자가 들으면 그 부분을 포착해줄지도 모른다.'라고 하는 정신승리적 희망조차 완전히 무너지는 순간이었다.

"역…시… 그런 거겠지?"

힘이 축하고 빠진 민욱의 목소리 따위는 아랑곳하지 않은 채 현우는 벌떡 일어서며 우렁차게 말했다.

"당연하지, 병신아. 나 간다!"

"야, 어디가?!"

민욱은 뒤돌아서 가려는 현우의 한쪽 팔을 성급히 붙잡았다. 현우는 황당하다는 듯 민욱을 보면서 되물었다.

"왜 이래?"

"야, 친구가 고민에 빠졌는데 그냥 그렇게 말하고 가는 거야?"

"당연하지, 나 지금 여친 만나러 가야 한다고. 게다가 솔직히 네 얘기 속에 약간의 발전 가능성이라도 엿보인다면 나도 네게 이런저런 조언을 하겠는데 아무리 봐도 주희가 너를 남자로 보는 듯한 그런 기미가 전혀 보이지가 않아. 이미 게임 끝났어. 주희 포기하고 딴 여자 찾든지, 아니면 주희 주변에 서성거리며 착한 사람 노릇 해주다가 주희가 새 남친 생기면 혼자서 '토이'가 부르는 이별 노래나 들으면서 남몰래 행복이나 빌어주든지, 암튼 알아서 해! 안녕! 난 간다!"

현우는 성큼성큼 자기 갈 길을 가며 민욱으로부터 재빠르게 멀어져갔다.

"그래! 가라! 사랑이 그런 거냐? 의리도 내팽개치고. 내가 이제 너랑 또 보면 내가 사람이 아니다, 사람이!"

민욱은 현우가 혹시라도 돌아봐줄까 하는 바람으로 외쳤지만 현우는 더욱 빠르게 멀어져갈 뿐이었다.

"저 자식 봐라, 저거! 여친 생기니까 진짜 얄짤 없네!"

점점 차가워지는 겨울바람만큼이나 민욱의 마음은 쓸쓸함으로 물들어 갔다. 어제 술에 취해 완전히 뻗어버린 주희를 가까스로 그녀의 자취방까지 데려다 주었다. 주희는 왜 그렇게 취했던 걸까? 그저 주희와 함께 술을 마시며 대화를 나눈다는 것만으로도 기분이 좋아 별다른 생각을 하지 못하였으나 아침에 술이 깨고서 돌이켜보니 주희가 했던 대화의 8할이 승현 선배에 관한 이야기였다는 것을 민욱은 뒤늦게 깨달았다. 선배에 대한 원망이 커서일까, 아니면 여전히 선배에 대한 미련이 남아 있기 때문일까? 결국 두 가지가 다 같은 마음인 걸까? 이런저런 생각에 빠져 있을 때 갑자기 누군가의 목소리가 들려왔다.

　"하하하! 시간의 틈에 빠지셨군요."

　민욱은 깜짝 놀라며 고개를 돌렸다. 기다란 벤치에 현우가 앉아 있었던 자리에는 어느새 누군가 다가와 앉아있었던 것이다. 겨울용 패딩을 입고 안에는 두터운 후드티에 청바지. 학생들이 흔히 입는 옷을 입은 그야말로 전형적인, 말 그대로 학생이었다. 특징적인 것이 있다면 곱슬거리는 머리와 굵은 검은색 뿔테안경. 남자치고는 목소리가 다소 가는 편이라는 것. 손에는 원서로 된 두꺼운 물리학 관련 책이 들려 있었다. 민욱의 당혹스러운 표정 따위는 아랑곳하지 않은 채 물리학도로 보이는 이 남자는 가느다란 손으로 뿔테안경을 살짝 쥐어 올리고는 혼잣말인 듯 아닌

듯 자신의 말을 이어나갔다.

"시간도 결국 물리현상의 하나이지요. 즉, 일종의 물질일 수도 있다는 거예요. 우리의 눈에 보이지는 않지만 시간의 흐름을 만들어 내는 여러 가지 물질들이 우리의 세계를 휘감은 채 흘러다니고 있다는 거지요. 마치, 우리가 보지 못하는 빛의 파장이 훨씬 많은 것과 비슷한 개념이라고 보시면 돼요. 하지만, 저는 볼 수가 있지요. 제가 만든 바로 이 안경을 통해. 우리가 시간이라고 부르는 물질을 말이죠. 그 물질들이 나름의 흐름으로 흘러다니는데 그러다 보면 자연스레 균열이 생기는 곳도 있어요. 그곳을 저는 시간의 틈이라고 부르기로 했어요. 그런 곳에서는 대개 특이한 초자연적 현상들이 많이 발생하게 되지요. 대표적인 곳이 바로 버뮤다 삼각지. 초자연적 현상이라고는 하나 실은 아직 과학이 풀지 못한 과학적 현상일 뿐이죠. 시간의 틈이 크게 나 있는 곳은 아까 말씀드린 버뮤다 삼각지이지만 조그마하게 나 있는 곳들은 은근히 우리가 사는 곳곳에 심심치 않게 존재해요. 그 틈에 빠졌다 나온 사람은 시간의 물질이 몸에 묻어 있어요. 뭐, 그것도 결국 모두 지워지죠."

민욱은 어떤 표정을 지어야 할지 몰라 그저 말없이 곱슬머리 물리학도를 바라보고만 있었다. 실은 '이런 또라이가, 뭔 개소리를 하는 거야?'라는 말이 목구멍까지 차올랐으나 차마 내뱉을 수는 없는 노릇이었다. 이런 민욱의 마음을 아는지 모르는지 그는 민욱을 보며 옅은 미소를 짓더니 자리에서 일어나며 한마디 툭 하고 덧붙였다.

"비가 올 것 같아요. 저는 이만 도서관으로 가야겠어요."

이렇게 말한 그는 이공계 도서관 건물 쪽으로 향했다. 미끄러지듯 사라지는 것 같은 그의 모습에 순간 귀신이 아닐까 하는 착각마저 들었던 민욱은 뒷덜미에 소름이 돋았다. 하지만, 눈을 비비며 다시 보니 그는 분명히 두 다리로 한 걸음 한 걸음 걸어가고 있었다.

"야~ 별 또라이 다 있네. 비가 온다고? 갑자기? 먹구름이 있는 것도 아닌데?"

조그맣게 혼잣말을 속삭인 민욱은 주머니를 뒤적이니 때마침 씹지 않은 껌 하나가 잡혔고 반가운 마음으로 그것을 꺼내어 입 안에 넣고서 열심히 씹어대기 시작했다. 입 안에서 딸기향이 퍼져나가려는 찰나 갑자기 어디서 생겨났는지 먹구름이 마구 밀려오는가 싶더니 하늘에서 빗방울이 떨어지기 시작했다.

"어랏! 비가 정말로 오네?!"

빗방울은 본격적으로 굵어지기 시작했고 민욱은 얼른 일어나 그 남자가 향했던 이공계 도서관으로 황급히 달려갔다.

울지마, 바보야

　주희는 경영대 건물 지하에 있는 커피집에서 아메리카노와 노
릇노릇 잘 구워진 플레인 스콘을 먹으며 책을 읽고 있었다. 겨울
에는 역시 추리소설이라면서 게다가 독서는 마인드컨트롤에 도
움이 되니 한번 읽어보라고 아랑 언니가 추천한 셜록홈즈 시리즈
였다.

　"한국의 발라드 음악을 이해하려면 현재 조성모가 최고지만
그 계보를 타고 올라가면 국민가수 신승훈이 있고 그 위로는 변
진섭, 그 위로는 이문세가 있는 것 아니겠어? 하지만 역시 뭐니
뭐니해도 현대 발라드 음악의 인큐베이터는 일찍 요절하는 바람
에 그 천재성을 다 선보이지 못한 유재하라고 할 수 있지. 셜록
홈즈 시리즈는 마치 한국 발라드로 치면 유재하의 음악이라고나
할까? 요즘 나오는 많은 추리소설들이 있지만 역시나 코난도일의

셜록홈즈 시리즈를 독파하지 않으면 진정한 추리문학의 진가를 이해하는 것은 불가능하지. 뭐, 지금 너 학교에서 때마침 왕따라고 하니 방학 동안 코난도일 소설이나 읽으며 셜로키언[11]이 되어 보도록 해. 재미도 있고 시간도 잘 갈 거야."

겨울방학을 추리소설과 함께 스트레스를 해소하며 보내라는 아랑 언니의 말을 그대로 실천하고 있는 주희였다. 홈즈시리즈는 학교 도서관에서 쉽게 구할 수 있었다. 홈즈와 왓슨의 역사적인 만남이 나오는 『주홍색 연구』를 펼쳐들고서 독서의 세계에 빠져 있으려니까 아니나 다를까 경영대 지하 커피집에는 익숙한 얼굴의 학생들이 빈번하게 왔다갔다 하고 있었다. 누군가는 주희를 힐끔힐끔 보다가 그냥 지나가고 또 누군가는 다가와 어색한 인사를 건내고 가기도 했다. 어차피 주희도 이런 상황들은 모두 예상하고 있었다. 계속 자신을 따라다니는 소문 때문에 도망다니듯 학교생활을 할 수는 없었다. 차라리 당당하게 경영대를 와서 할 일을 하는 것이 오히려 불필요한 소문들을 잠재우는 방법이라고 결론 내렸던 것이다. 하루빨리 그렇게 되기 위해서라도 더더욱 당당해야 했기에 용기를 내어 경영대 지하 커피집을 독서의 장소로 선택한 것이다. 서서히 작품의 스토리로 빠져들 찰나 익숙한

---

11) 셜로키언(Sherlockian)은 아서 코난 도일 이 쓴 《셜록 홈즈 시리즈》의 주인공 셜록 홈즈 또는 작품 자체에 대한 열광적인 팬을 가리킨다.

목소리가 주희의 귓전을 울렸다.

"오주희, 잠깐 얘기 좀 하자."

'설마, 아니겠지.' 하며 고개를 돌려 올려다본 주희의 두 눈이 향한 곳에 승현이 서 있었다. 매너 좋은 남자처럼 보이게 하는 그런 세미정장을 입은 승현을 보자 갑자기 짜증이 치밀어 올라왔다.

"나참, 어이가 없네. 그냥 갈 길 가세요."

이렇게 한마디 쏘아붙인뒤 다시 읽던 책으로 시선을 향했다. 승현은 잠깐 망설이는 듯하더니 이내 주희의 맞은편 의자에 털썩 하고 앉는 것이 아닌가? 주희는 승현의 그런 모습에 약간 당황도 되었지만 짐짓 아무렇지 않은 듯한 표정을 지으며 다시 한번 쏘아붙였다.

"누가 앉으래?"

"할 말 있다고!"

짤막하게 대꾸하는 승현의 기세는 오히려 주희를 주춤하게 만들었다. 그러면서도 승현이 여자들에게 왜 인기가 많은지 주희는 새삼 느낄 수 있었다. 여느 남자 같았으면 주희가 쏘아붙였을 때 '미안'하고 사라졌거나 혹은 우물쭈물했을 텐데 그런 것 따위는 아랑곳하지 않는다는 듯 맞은편에 앉아 자신의 주도권을 만들어 가는 승현의 행동이 오히려 여자의 마음을 어딘가 설레게 하는 데가 있었기 때문이다. 승현의 이런 점은 확실히 민욱과는 정

반대였다. 어느 겨울 강남역 한복판을 걸어가다 갑자기 펑펑 내리기 시작한 함박눈을 보며 주변 사람들은 의식하지 않은 채 옆에 있는 여친에게 갑작스런 키스를 진하게 해줄 것 같은 그런 남자. 적어도 '나 키스해도 돼?'라는 맥 빠지는 질문 따위는 절대 하지 않는 그런 남자. 바람둥이라 할지라도 그런 쪽이 역시나 더 매력있게 느껴지는 것은 어쩔 수 없는 일이었다.

"어쨌거나 오해는 좀 풀어야 하지 않겠어?"

"무슨 오해? 아! 네가 내 뒷담화 하고 다닌거?"

주희는 승현에게 대놓고 반말을 하는 전략을 택하기로 했다. 왠지 오빠라고 하는 순간 어딘가 승현의 궤변에 쉽게 말려들고 말 것이라는 염려에서였다. 승현은 그런 건 별로 아랑곳하지 않은 채 자기 할 말을 하기 위해 거침없이 입을 놀렸다.

"뭐, 솔직히 우리 이별에 대해 나도 술 먹고 약간 객기 섞인 얘기를 한 건 사실이야. 하지만 지금 과내에서 돌고 있는 소문을 듣자면 나도 매우 당황스러울 지경이야. 네가 정말 걱정도 되고 말이야. 네가 이상한 사람 취급 받는 것 같아서…"

뜻밖의 승현의 말에 적대감으로 가득 차 단단히 얼어있었던 마음 어딘가에 벌써부터 균열이 생기는 것 같았지만 주희는 아직 방심하면 안된다며 속으로 다짐한 뒤 짐짓 차가운 표정을 지으며 말했다.

"그게 다 누구 때문인데?"

"그래, 내 탓을 하려면 해. 하지만 나도 당혹스럽다니까. 내가 한 말과는 전혀 다른 말들이 돌고 있는 거라고!"

주희는 이 말을 믿어야 할지 말아야 할지 혼란스러웠다. 과연 지금 승현의 말을 믿어도 되는 것일까? 대학교를 다니며 남녀가 씨씨를 하다가 헤어지는 일은 참으로 흔한 일이고 그럴 때마다 어느 한쪽이 걸레라느니 창녀라느니 하는 비난을 들어야 할 이유는 전혀 없다. 하지만 주희는 지금 경영학과 건물을 오는 것조차 용기를 내야 할 정도이고 과 사람들은 그녀를 마치 '남자에 환장한', 아니 정확히는 '섹스에 환장한' 정도가 되려나. 아무튼 그런 천박한 애로 손가락질을 하고 있다. 그것은 분명 이별 이후 승현이 부적절한 말을 했을 것이라는 정황 증거가 되고도 남는다고 생각하는 주희였다. 물론, 승현 본인도 객기 섞인 말을 하였다는 사실은 인정하고 있다. 문제는 이 객기 섞인 말이라는 것의 정도가 어느 정도였느냐가 될 것이다. 정말 별 얘기가 아닌 약간의 객기였는데 그것이 어쩌다 보니 살이 붙어 커져버린 형태라면 승현의 지금 말은 사실일 것이고 그렇지 않다면 비겁한 변명에 지나지 않을 것이다. 하지만 주희의 마음은 벌써부터 승현의 지금 말이 맞기를 간절히 바라고 있었다. 어쩌면 자기 스스로 그의 지금 말을 믿으려고 적극적으로 노력하고 있는 것인지도 모를 일이었다. 주희의 두 눈에 스스로도 그 의미가 모호한 눈물방울이 송알송알 맺히기 시작했다.

"울지마, 바보야."

부드러운 승현의 목소리가 주희의 귀를 감싸 안았다. '이 대화의 끝은 어디일까? 나와 다시 사귀자고 하려는 것일까? 아니면 이별 후 완전히 고립된 내 처지가 불쌍해서 그저 잠깐 나를 동정하는 것일까?' 억지로 이불장 속에 쑤셔두었던 이불들이 갑자기 한꺼번에 무너져 내리듯 주희의 마음속에는 이런저런 질문들이 한꺼번에 마구 쏟아지기 시작했다.

일기예보

　민욱은 한동안 아무 말도 하지 못했다. 머릿속이 다소 어벙벙한 상태로 멍하게 느껴졌다. 겨울의 새하얀 눈에 캠퍼스가 아름답게 덮여 있는 모습이 눈에 들어 왔으나 아무런 감흥을 느낄 수가 없었다. 별다른 목적지도 없이 그저 앞으로 걸어갈 뿐이었다. 아니, 자연스레 아는 사람들이 없는 장소를 찾아가고 있었기에 무의식적으로 발걸음을 옮기는 그곳은 경영대 건물과 가장 먼 곳에 위치한 공대 캠퍼스 쪽이었다. 현우가 옆에서 말했다.

　"야! 뭔 일인지도 아직 모르잖아. 나중에 걔한테 전화해 봐."

　민욱과 현우는 함께 경영대 도서관에서 공부를 하기로 하고 나름 이른 아침에 만나 경영대 건물을 찾았던 것이었다. 그리고 열람실에서 두어시간 정도 공부를 한 뒤 잠깐 커피 한잔 하기 위해 지하 커피집으로 갔던 것인데 그곳에서 주희와 승현이 함께 앉아서 얘기하는 것을 보았던 것이다. 그들이 정확히 무슨 말을 하는지는 듣지 못했다. 하지만 눈물을 닦는 주희의 행동과 이를 안타까워 하는 듯한 승현의 표정만큼은 민욱의 두 눈에 선명히 들어왔다. 민욱은 괜히 혼자 당황해서 현우의 팔을 잡아당기며 얼른 그곳을 빠져나와 버렸다. 주희가 승현과 함께 있는 모습을 보았다고 해서 주희에게 뭐라 할 수 있는 처지가 못된다는 것쯤은 너무도 잘아는 민욱이었다. 하지만 마음이 그렇지가 못했다. 왠지 모르게 배신감이 느껴졌기 때문이다. 스스로 생각해보아도 참으로 이상한 자신의 감정이었다. '내가 뭐라고?' 하는 생각을 해보기도 했지만 진정되지 않는 마음은 어쩔 수가 없었다. 주희에게 좋은 사람이라는 말이나 듣고 있는 호구 같은 존재이지만 그럼에도 마음 한켠에는 '어쩌면 이것이 주희와 더 깊은 관계가 될수도 있는 그린라이트가 켜진 것은 아닐까?' 하는 기대감이 약간은 있었던 것이 사실이다. 처음에는 당황한 듯 성큼성큼 걷던 민욱의 걸음이 차츰 느려지고 있었다. 민욱의 몸에서 서서히 힘이 빠져나가며 축 처져간다는 것을 확연히 느끼는 현우였다. 민욱은 전방만을 바라보며 현우에게 겨우 들릴듯한 목소리로 말했다.

"내가 왜 이러지? 찌질하게…. 나랑 걔랑 사귄 것도, 심지어 썸 탄 것도 아닌데, 정말 아무것도 없는데…"

"알긴 아네."

현우는 가장 친한 친구의 풀이죽은 모습을 보는 것이 마음에 영 불편했기에 오히려 입으로는 더 모진 말만을 내뱉고 있었다.

"야, 솔직히 그런 년 뭐가 좋다고 그래? 그냥 잊어버려. 솔직히 승현 선배랑 다시 시시덕거리는 게 말이 되냐? 주희도 참, 배알도 없다. 물론, 나도 주희가 예쁜 거는 인정하지만 어디 예쁜 애가 걔 하나뿐이야? 너한테 관심도 없는 애 계속 혼자 집착하지 말고 너도 그냥 우리 동아리나 들어와라. 여기 예쁜 애들 수두룩해. 기도 모임만 잘 참석해도 기회가 널려있다니까? 신앙심 좋은 척만 해도 여자들한테 절반 이상은 먹고 들어갈 수 있어. 그러니까, 그냥 내 말대로 우리 동아리나 들어와. 계속 주희 때문에 혼자 상처받고 혼자 찌질하게 좀 그러지 말고."

현우는 어떻게든 민욱의 마음을 조금이나마 풀어주기 위해 두서없이 떠들고 있었다. 현우의 말에 민욱은 고개를 돌리며 한마디 내뱉었다.

"주희를 나쁘게 말하지 마."

그 한마디조차 힘이 없었기에 현우의 마음을 더욱 안타깝게 만들었다.

"나~참! 그래, 알았다."

민욱과 현우는 어느새 공대 캠퍼스의 이공계 도서관 앞까지

와 맞은편 귀퉁이에 있는 늘 앉던 벤치에 털썩하고 앉았다.

"야, 좀 춥지 않냐?"

겨울치고는 기온이 높은 편인 날이긴 하였으나 확실히 겨울은 겨울이었다. 하지만 민욱은 별다른 대답이 없었다. 현우도 별로 대답 따윌 기대하고 한 말은 아니었기에 그저 담배를 꺼내어 불을 붙일 뿐이었다.

"야! 솔직히 너 걔랑 그냥 아주 약간 친해질 뻔한 거잖아. 서로 뭐 없잖아? 근데 뭘 그리 넋 나간 사람처럼 있는 거야?"

"그래, 나도 내가 이해가 안돼! 나 진짜 병신인가 봐. 왜 이러지? 나랑 걔는 아무 사이도 아닌데 이상하게 걔가 다시 승현 선배랑 얘기하는 모습을 보니까 막 화가 나고 그러는 것 같아."

민욱의 말에 현우는 그저 계속 담배만 피울 뿐이었다. '차라리 사랑 경험이 많았다면 이러지는 않을 텐데.' 하는 생각이 절로 들었다. 안타까운 마음이지만 달리 해줄 말도 없었다. 그때 누군가 나타나 맞은편 벤치에 털썩하고 앉았다.

"분명히 내 계산으로는 우리 학교에 있는 게 맞는데?"

이렇게 말하는가 싶더니 두꺼운 과학전공 서적을 뒤적거리며 고개를 갸웃거리곤 했다. 민욱은 별 생각 없이 있다가 순간 깜짝 놀라고 말았다. 전에 만났던 그 물리학도였기 때문이다. 뿔테안경을 쓴 그 신비의 물리학도. 기상청도 맞추지 못한, 비가 온다는 말을 내뱉었던 그 학생. 민욱은 잠깐이나마 슬픔에서 헤어나와 현우를 보며 낮은 목소리로 말했다.

"야, 내가 전에 애기했던가? 공대 쪽에서 봤다는 그 물리학 책 들고 다니는 곱슬머리 뿔테안경 말이야. 바로 저 사람이야, 저 사람."

현우는 민욱의 말에 맞은 편에 앉아 골똘히 생각하고 있는 그 학생을 위아래로 훑어보았다. 그리고는 나직이 내뱉었다.

"전형적인 또라이구만."

연기로 저쪽과 이쪽 사이를 가로막으려는 듯 담배 연기를 길게 뿜었다. 하지만 현우의 담배 연기는 오히려 맞은편 곱슬머리 뿔테안경으로 하여금 고개를 들어 자신들 쪽을 보게 만들어 버렸다. 이내, 그는 만면에 웃음을 띠며 민욱 쪽으로 다가왔다. 예의 그 물리학 관련 원서는 여전히 한 손에 든 채로⋯ 마치, 성격책을 들고 다니는 성직자 같아 보이기도 했다.

"지난번에 뵈었었죠?"

민욱은 약간 당황해하며 대답했다.

"아, 네네. 그, 그런 것 같네요."

물리학 책을 들고 있는 곱슬머리에 뿔테안경을 낀 그 물리학도는 유심히 민욱과 현우를 보았다. 오른손으로 안경을 집고서 위아래로 올렸다 내렸다 하며 대놓고 관찰하기 시작했다. 현우가 약간 짜증이 섞인 투로 말했다.

"님! 지금 뭐하심? 처음 보는 사람한테!"

"아! 죄송합니다."

곱슬머리 물리학도는 한발짝 물러서며 사과를 하였다.

"그래도 좀 이상하네요."

곱슬머리 물리학도의 말에 민욱과 현우는 두 눈을 휘둥그레 뜨며 그를 바라보았다.

"그쪽이 이상한 거겠죠."

현우가 짜증이 가시지 않은 듯한 목소리로 대꾸했다.

"제가 만든 이 특별한 안경으로 보면 말이죠, 지금 두 사람에게는 시간의 물질이 잔뜩 묻어 있어요. 마치, 어린아이가 케이크를 먹으면 입가에 크림이 묻는 것처럼. 두 가지 이상의 시간의 흐름이 교차하면서 마찰을 일으키는 그런 곳에 계셨다는 증거지요. 역시 제 예상대로 그런 곳이 우리 학교에 있다는 건데, 방금 전에도 그곳이 정확히 어디일지 고민하고 있었거든요. 거기가 어디죠? 제발 좀 알려주세요."

민욱과 현우는 서로를 바라보며 벙찐 표정을 지었다. 애초부터 다소 삐딱한 느낌으로 이 물리학도를 대했던 현우가 한 번 더 쏘아붙였다.

"저기요, 개소리도 적당히 하셔야 제가 욕이라도 해드릴 텐데…

. 그냥 여기서 좀 조용히 사라져 주시면 감사하겠습니다."

곱슬머리 물리학도는 고개를 좌우로 흔들며 깊은 한숨을 쉬더니 입을 열었다.

"그렇겠죠. 아직 제가 증명을 못했으니. 하지만 이건 과학이에요. 무슨 미스테리 이런 게 아닙니다. 제 졸업논문이 될 예정이지요. 제가 시대를 앞서가는 천재 과학자라는 사실이 증명될 날이 결국 오게 될 겁니다. 제 계산에 따르면 이제 곧 눈이 올 거예요. 20분쯤 뒤."

"푸하하하!"

곱슬머리 물리학도의 말에 현우가 큰소리로 웃어대며 말했다.

"그런 거야 일기예보를 보면 나오잖아요. 몇 시쯤 눈이 내리겠다 등등. 지금 예보 보면 알 수 있는 날씨 따위 맞추는 걸 보고서 우리더러 그쪽이 천재 과학자가 될 사람이라고 믿으라는 건 설마 아니시겠죠?"

현우의 비웃음 섞인 표정과 말에도 곱슬머리 물리학도는 표정 하나 변하지 않고서 말했다.

"물론, 그냥 예측이야 일반인도 일기예보를 보면 되겠죠. 하지만 저는 일단 일기예보를 보고 날씨를 안다기 보다는 제가 계산한 모델로 날씨를 먼저 예측한 뒤 일기예보와 비교하고 있어요. 어느 게 더 정확한지. 그리고 저의 계산에 따르면 일단 눈이 내리는 시작점과 퍼져나가는 속도로 보았을 때 이곳 이공계 도서관 앞에서 눈이 내리기 시작한 뒤 정확히 10분 뒤에는 이곳과 정 반대쪽에 있는 경영대 캠퍼스에까지 눈이 내리기 시작할 거예요. 못믿겠으면 확인해 보세요. 이런 걸 일반인이 일기예보 보고서 알지는 못하겠지요?"

이렇게 말하고는 곱슬머리 물리학도는 휙 하고 돌아서 이공계 도서관 안으로 들어가 버렸다. 현우는 여전히 어이없다는 표정으로 그가 들어가는 모습을 보다가

"야, 완전 어이없지 않냐?'"

라고 말하며 민욱 쪽으로 고개를 돌리려는 찰나,

"오! 신기해!"

라고 외치며 민욱이 그 자리에서 벌떡 일어나는 것이 아닌가?

"나 경영대 간다. 눈 오면 바로 전화해라. 시간 계산 해보자고!"

이렇게 말한 민욱은 현우의 대답은 듣지도 않은채 성큼성큼 경영대 쪽으로 향했다.

"나~참! 조금 전까지 풀이 죽어 축 쳐져 있던 녀석이… 하여간 재도 정상은 아니라니까."

이렇게 말하면서도 현우 역시 내심 곱슬머리 물리학도의 계산이 맞는지 궁금하긴 했다.

하얘지다

"오! 신기해!"

핸드폰 너머로 들려오는 민욱의 목소리는 상당히 들떠 있었다. 민욱의 목소리만으로도 얼마든지 곱슬머리 뿔테안경 녀석의 말이 맞아들어갔다는 것을 짐작할 수 있었다. 현우도 겉으로는 침착한 척 하면서도 속으로는 살짝 놀라고 있었다.

"야! 진짜 시간이랑 다 맞냐?"

"그렇다니까 지금 내가 경영대 앞인데 그 곱슬머리 녀석이 말한 그 타이밍에 딱 눈이 내리기 시작하더라니까. 정말 1초의 오차도 없는 것 같은데?"

민욱의 말에 현우는 머리가 살짝 복잡해졌다. '물리학과 일기예보가 어떤 관계가 있는거지? 그 곱슬머리녀석은 물리학뿐아니라 지구과학 등 과학 전반에 대한 지식이 해박한 건가?' 등등의 생각들이 현우의 머릿속을 스쳐 지나갔다. 분명한 것은 좀 괴짜 같기는 해도 범상치 않은 과학도인 것만은 확실한 것 같았다.

"대체, 뭐 하는 녀석이지?"

현우의 물음에 민욱도 약간 들뜬 목소리로 대답했다.

"그러니까 말이야. 무슨 기상청에서 사용하는 컴퓨터를 갖고 있는 것도 아닐 테고 이런 게 그냥 계산만으로 가능한 거였어?"

"지난번에도 맞췄다면서."

"그렇다니까."

"진짜 좀 신기하긴 하네. 암튼 나도 지금 경영대로 갈게."

현우의 말에 민욱의 대답이 들려오지 않았다.

"야! 듣고 있어? 지금 거기로 간다."

그래도 수화기 너머로부터 아무런 말도 들려오지 않았다. 전화는 그냥 그렇게 끊겨버렸다.

"뭐야? 이 자식."

현우는 고개를 갸웃하며 벤치에서 일어나 경영대 쪽으로 향했다.

민욱의 머릿속은 새하얘졌다. 경영대 앞에서 현우와 통화를 하다가 주희와 승현이 함께 건물 밖으로 걸어 나오는 것을 보았기 때문이다. 민욱은 이들을 보고서는 본능적으로 재빨리 경영대 옆 크게 자라 있는 플라타너스 나무 뒤로 몸을 숨겼다. 그리고는 슬쩍 고개를 돌려 주희와 승현 쪽을 보았다. 두 사람은 서로 나란히 서서 걸어가고 있었다. 특별히 말소리가 들리지도 않았고 다정하게 손을 잡고 걷는 것도 아니었다. 그저 나란히 걸으며 어딘가로 향하고 있었다. 다양한 해석이 가능해 보였다. 경영대 지하 커피집에서 서로 대화가 잘 되어 다시 사귀게 되었을 수도 있고 대화는 잘 되었으나 사귀는 것은 아닐 수도 있고…. 대화가 전혀 파국으로 치달은 것 같지는 않았다. 그랬다면 비록 약간의 거리를 유지하는 느낌이 있기는 하지만 저렇게 함께 걷는 일도 없었을 테니까. 그러면 다시 사귀기로 한 것일까? 그렇게 보기에도 좀 애매하긴 했다. 그 무엇도 확실한 것은 없고 민욱의 머릿속은 그저 복잡해져만 갔다. 그리고 오늘, 이로써 두 번째 가슴에 뻥 하고 바람 구멍이 뚫려버린 듯한 느낌을 받았다. '내가 정말 주희를 좋아하는 게 확실하긴 하구나.'하는 생각이 또 한번 들 수밖에 없는 민욱이었다. 승현 선배와 주희가 함께 걷는 모습을 보는 것 만으로도 민욱은 말할 수 없는 슬픔이 느껴졌던 것이다. 점점 더 멀어져가는 두 사람을 멀찍이서 보고 있는데 갑자기 핸드폰이 마구 떨리기 시작했다. 현우였다.

"갑자기 여친한테서 연락이 와가지고. 먼저 도서관에 가서 공부 좀 하고 있어. 난 이따가 갈게. 이따 보자."

이렇게 말한 뒤 전화는 끊어졌다. 민욱은 그 자리에 한참을 서 있다가 몸을 돌려 터벅터벅 경영대 도서관으로 향했다.

내가 지금 뭘 본거지?

도서관에서 토익책을 펼쳐놓고서 공부를 하고 있던 민욱은 도저히 머릿속이 복잡해서 공부에 집중을 할 수가 없었다. 승현 선배와 주희의 모습이 계속 떠올라 도무지 안정이 되지 않았기 때문이다. '승현 선배와 주희가 다시 사귀기로 한 걸까? 아냐, 사귀는 건 아니고 그냥 화해한 정도겠지. 화해를 하였다면 그냥 화해만 하면 되지 왜 둘이 같이 걸어간 거지? 에이, 학교에서 같은 방향 가는 일이 어디 한둘인가? 어쩌다 보니 그렇게 되었겠지. 하지만, 주희는 승현 선배에게 이미 실망한 거 아니었나? 아무리 화해를 했다고는 해도 일정 부분 마음에 있지 않으면 굳이 같이 걸어가지는 않을 텐데? 다른 핑계를 얼마든지 댈 수도 있는 거잖아. 아냐, 분명 둘이 손을 잡고 있지는 않았어. 그것은 그냥 어쩌다 보니 방향이 같았다는 것을 보여주는 확실한 증거인 거야.' 등등의 생각들이 연속적으로 떠오르며 머릿속을 맴돌았다. 게다가 절친 현우마저 여친을 만난다며 아직 도서관에 오지를 않으니… 초조함을 달랠 길이 없던 민욱은 자리에서 일어나 도서관 밖으로 나와 성급히 발걸음을 재촉했다.

'그래! 오랜만에 우혁 선배나 찾아가 보자.'

운동장 구석 자리 밴드부 연습실인 컨테이너 하우스가 있는 곳으로 정신없이 걸어갔다. 그곳에 도착한 민욱은 다른 생각할 것도 없이 바로 손잡이를 잡고서 옆으로 돌렸다. 하지만, 컨테이너 하우스의 문은 굳게 잠겨 있었다.

"우혁 선배! 거기 있어요?"

이렇게 외치며 문을 몇 차례 쳐보았으나 안에서는 아무 대답도 없었다. 민욱은 순간 어디로 가야 할지 막막했다. 학교 안 어디를 간다고 한들 주희와 승현이 함께 있는 모습의 잔상이 계속 쫓아올 것이 뻔했기 때문이다. 민욱은 차라리 학교 밖으로 나가 어딘가 다른 곳으로 가는 것이 낫겠다는 생각을 했다. 주희에 대한 생각을 조금이나마 머릿속에서 덜어내고 싶었다. 학교 정문을 나와 담을 따라 정처 없이 걸어가기 시작했다. 하지만 얼마 지나지 않아 멀리서 익숙한 실루엣의 여성이 걸어오는 것이 보였다. 이런! 주희였다! 그녀를 잊기 위해 교문 밖으로 나왔는데 그녀가 저 멀리서 걸어오고 있었던 것이다. 민욱은 어찌할바를 몰라 그저 천천히 걷고만 있었는데 그때, 귀를 찢는 브레이크 소리가 들리는가 싶더니 3중 추돌사고를 눈앞에서 목격해 버렸다. 승용차가 차선을 바꾸고 있었는데 이것을 보지 못한 트럭 운전수가 그 차의 후미를 박아버렸고 이에 차선을 바꾸려던 그 차는 90도 정도 회전을 하는가 싶더니 인도에서 가까운 차선으로 달리고 있던 또다른 승용차의 후미를 박아버렸고 이로인해 인도쪽 차선을 달리던 그 차는 그만 인도로 돌진하며 어떤 사람을 치게 된 것이다. 그런데 그 사람이 바로 주희였다.

"내가 지금 뭘 본거지?"

민욱은 머릿속이 혼란스러워지며 어찌할 바를 모른 채 그 자리에서 얼어붙어 버렸다. 그렇게 한참 멍하니 있다가 이내 주희를 향해 달려갔다.

"오주희!"

그녀의 이름을 외치며 쓰러져 있는 주희를 향해 정신없이 내달렸다.

컨테이너 하우스
- 1번 방문자

"교수님. 그러면 전 세계로 퍼져나간 달러를 회수하려고 미국의 금리 인상이 본격적으로 진행된다면 그 여파가 한국에 미쳐 한국의 여러 고가의 자산들이 가격 하락을 맞을 수 있다는 그 말씀이신가요?"

학생의 질문에 주희는 반원형으로 된 강의실을 한번 휙 둘러보고는 입을 열었다.

"그렇지요. 지금까지 유래 없이 많이 찍어낸 달러가 결국에는 회수되어야 한다면 이제 슬슬 긴축으로 들어가야 하는 때가 온 것이지요. 너무 많은 빚을 내어서 공격적인 투자를 감행한다면 자칫하면 고금리의 덫에 걸릴 수 있어요. 비가 올때는 우산을 펴고 해가 뜰때까지 여유를 가지고 기다려야 합니다. 다른 사람의 말에 흔들려서 엉뚱한 투자를 해서 피해를 보는 일이 없도록 조심해야 해요. 자, 더 질문이 없다면 오늘 수업은 여기까지 하고 다음 시간에 봅시다."

검은색 정장을 입고서 학생들에게 강의를 하는 주희는 어느덧 40대, 불혹의 나이를 넘기고 있었다. 강의실 밖을 나와 경영관 복도를 걷노라니 또각또각 구두굽소리가 한층 더 높아지는 듯했다. 강의실에서부터 복도에 이르기까지 학교의 모든 것들이 주희에게는 아주 친숙하였다. 자신의 연구실로 돌아오자마자 주희는 책상 위에 책을 올려 놓으며 털썩하고 의자에 몸을 기댔다. 찌그덕하는 바퀴 달린 의자 특유의 쇳소리가 순간적으로 연구실을 가득 채웠다. 조교는 밖에 나갔는지 자리에 있지 않았다. 텅 빈 연구실에서 주희는 자기도 모르게 피식 하고 웃음이 나왔다. 학교 다닐 때는 박사학위까지 받을 거라고 생각도 한 적이 없었고 더욱이 자신의 모교인 한국대학교에서 교수까지 될 거라고는 더더욱 생각해 본 적이 없었다. 지금도 강의를 하고 연구실에 앉아 있을 때면 뜻밖의 방향으로 흘러가는 자신의 인생이 재미있게 느껴지기도 했다. 결혼을 한 뒤 아이는 생기지 않았고, 건설회사를 다니던 남편은 힘있을 때 한몫 벌어놔야 한다며 자진해서 회사에서 추진하는 중동 프로젝트에 참여하여 사우디로 떠났었다. 주희도 이참에 차라리 공부나 더 하자며 한국대학교 경영학

석사 과정에 지원하게 되었고 하다 보니 운이 트여 박사학위까지 받은 뒤 학교에 남아 교수까지 될 수 있던 것이다. 그리고 회사의 프로젝트를 성공리에 마치고서 남편은 귀국했고 최근에는 갓난아이 하나를 입양하여 남편과 함께 키우기 시작했다.

사실 주희는 자기 남편이 좀 특이한 구석이 있다고 생각했다. 학교 씨씨로 지내다 결혼까지 하게 된 지금의 남편. 아버지가 병원 사업을 해서서 이른바 금수저 집안에서 태어났음에도 굳이 아버지 병원을 물려받지 않고 건설회사에 취업하여 평범한 회사원으로 지내는 자신의 남편. 씨씨를 하면서는 이 남자의 빵빵한 배경과 잘생긴 외모로 인해 과 내에서 눈독 들이는 여자가 많았고 이로 인해 주희가 적잖게 속앓이를 한 적도 있었던 것이 사실이었다. 하지만, 신기하게도 시간이 흐르면서 주희의 남친은 점점 더 주희에게 잘하며 매사 성실히 임하는 캐릭터로 변해가는 듯했고 결국 결혼까지 골인을 한 것이다. 아무튼 현재까지는 꽤나 괜찮게 흘러가는 주희의 인생이었다. 연구실 안으로 새어 들어오는 4월의 햇살은 주희의 마음마저 따스하게 어루만져 주는 듯했다.

모교에서 일을 한다는 것은 참으로 매력적인 일이었다. 젊은 날의 자신과 언제든 만날 수 있었기 때문이었다. 학교 도서관, 학교 건물, 학교 맞은편 복사집 그리고 오랫동안 명맥을 이어오는 대학가 맛집까지 모든 것이 주희의 추억을 고스란히 담고 있는 풍경들이었다. 딱 하나 지금까지도 주희의 몸을 움츠리게 만드는 정문 옆 길목, 그곳을 제외하고는… 그날 사고의 기억은 주희에게 선명한 듯 아닌 듯 독특한 감각으로 남아 있었다. 어딘가 몇 장면이 빠진 듯한 필름의 조각 조각들이 시간적 순서마저 헷갈릴 정도로 뒤섞여 있는 듯한 그런 상태의 기억으로 남아있었던 것이다, 그 사건은! 몇 차례 차도에서 쿵 하는 소리가 나는가 싶더니 이에 차량 하나가 인도로 치밀고 올라오고 있었는데, 그 순간! 주희는 고개를 좌우로 흔들며 지금도 애써 그 기억에서 도망치고 있었다. 그리고 이 생각을 할 때는 늘 그렇지만 또다시 두 눈이 촉촉히 젖어왔다. 얼른, 책상 위 냅킨을 집어 들며 눈물을 닦아냈다. 주희는 연구실 밖을 나와 학교 이곳 저곳을 걷기 시작했다. 기분이 우울해질 때면 약간의 산책이 도움이 되었다. 코끝에서 느껴지는 푸른 식물들의 향기가 마음을 상쾌하게 해주었다. 걷다 보니 어쩌다가 학교 도서관 안까지 들어오게 되었다. 재미난 소설이라도 있으면 한 권 대출해서 읽어볼까 하는 생각으로 소설책을 모아둔 서가로 향했다. 그러던 중 주희의 발길을 멈춰 서게 하는 책 한 권이 눈에 들어왔다.

『해왕성에서 온 남자, 명왕성에서 온 여자』

주희는 자기도 모르게 그 책을 손에 쥐었다. 새삼 연애지침서

나 남녀심리에 관한 책에 흥미가 간 것은 아니지만 왠지 이 책은 그냥 지나치고 싶지 않았던 것이다. 주희는 그 책을 대출해서 다시 연구실로 돌아왔다.

"교수님, 저 갈게요."

주희는 고개를 들어 앞을 보았다. 그곳에는 주희에게서 석사과정 지도를 받고 있는 앳된 얼굴을 한 긴 생머리 조교가 서 있었다.

"어, 그래. 잘들어 가."

어느새 창밖은 서서히 어둑해져 가고 있었다. 늦은 오후 가볍게 산책을 나갔다가 빌려온 그 책을 읽다보니 어느새 시간이 밤 7시가 되어 있었던 것이다. 오혁이라는 사람이 공동 저자로 썼다는 그 책은 꽤나 심리학에 대한 많은 이론들이 들어가 있었다. 남녀심리에 관한 책이라고는 하나 심리학 연구가 많이 들어가 있어 나름 심오한 책이었다. 시간 가는 줄도 모르는 채 책을 읽던 주희는 조교의 인사소리를 통해 다시 현실로 돌아온 것 같았다. 갑자기 출출함이 느껴졌다. 연구실 밖으로 나와 대학 때부터 애용하던 학교 안에 입점해 있던 스타벅스로 향했다. 그곳에서 뜨거운 아메리카노와 샌드위치를 시켜 한적한 자리에 앉았다. 들고 온 책을 읽으며 고팠던 배를 채우기 시작했다. 커피집에서의 독서. 주희가 가장 즐기는 취미였다. 30~40분 정도 그곳에 머물렀던 주희는 커피집에서 나와 다시 경영대로 향했다. 그러다 갑자기 교내 운동장 멀리 귀퉁이에서 불빛이 새어 나오는 것이 눈에 들어왔다. '아! 맞다. 저기 예전에 밴드부 연습실이었던 것 같은데?' 하는 생각을 하며 주희는 운동장을 가로질러 불빛이 나오는 쪽으로 향했다. 주희가 대학 시절에는 운동장이 얇게 깔린 모래바닥으로 되어 있었으나 지금은 새파란 잔디로 가득 메워져 있었다. 불빛이 새어 나오는 컨테이너 하우스에 가까이 다가갈수록 그곳에서 은은한 기타 연주가 들려오고 있다는 것을 알 수 있었다. 일렉기타 소리이기는 하였으나 마치 클래식기타를 연주하듯 한음 한음 가볍게 튕겨내는 식의 연주였다. 주희는 컨테이너 하우스 앞에 서서 문 손잡이를 쥔 채 가볍게 손목을 돌렸다. 약간 긴장되는 느낌이기는 하였으나 공포에서 비롯되는 긴장이 아닌 어딘가 기대감이 섞인 설렘 비슷한 그런 긴장감이었다. 끼익 하는 소리를 내며 문이 열렸고 안에는 기타를 연주하고 있는 한 사람이 있었다. 그 남자가 연주를 멈추고서 주희를 보았다. 그러더니 피식하고 웃으며 오른손을 올려 들어오라는 손짓을 하였다.

"여기서 잠깐 기다려요. 제 생각이 맞다면 아마 한 명 더 올걸요?"

"네?"

뜻밖의 말에 주희는 두 눈을 휘둥그레 뜨며 그를 바라보았다. 하지만 그는 주희의 반응은 아랑곳하지 않은 채 다시 연주를 하기 시작했다. 잔잔한 음악이었다. 일렉기타였으나 마치 클래식 기타처럼 한음 한음 팅기듯 연주를 했다.

"주희 씨 맞죠?"

"네? 저를 아세요?"

"역시 맞군요. 얘기 많이 들었죠. 그 녀석 때문에…"

씨익 웃으며 이렇게 대답한 그 남자는 특유의 잔잔한 연주를 계속 이어갔다. 일렉기타라고는 믿어지지 않을 정도로 정감있는 사운드로 채워지는 독특한 연주였다.

컨테이너 하우스
- 2번 방문자

회사건물 바로 앞에 있는 넓은 광장 한 귀퉁이, 직장동료들이
모여서 하는 것이라곤 그날의 주가에 대한 이야기와 끊임없이
이어지는 흡연뿐이었다. 4월의 따사로운 햇살마저 한창 주식 차
트가 변동하는 시간 동안에는 전장에서 맞닥뜨린 적군들이 쿡
쿡 찔러대는 날카로운 창끝처럼 느끼게되는 현우였다. 흰 와이
셔츠 소매를 반쯤 걷어 올리고서는 회사 후배와 함께 끊임없이
떨어지는 주가에 대해 정답 없는 토론을 이어가고 있었다. 증권
사 직원치고 어느 부서에 있건 주식투자를 하지 않는 사람은 거
의 없을 것이다. 현우 역시 한국의 대표 증권사에 입사한 이후
직급이 올라가며 점점 투자액도 커져갔고 이에따라 차트의 변화
에 점점 더 예민해져 갔다. 현우와 나누는 골치 아픈 주가 얘기

를 잠시나마 피하고 싶었던 회사 후배 녀석이 현우에게 뜬금없는 질문을 던졌다.

"팀장님. 어차피 답 안나오는 차트 얘기 말고 뭐 좀 뜬금없긴 하지만 첫사랑 이야기나 해주세요."

"크크크, 네가 드디어 미쳤구나. 대낮에 술 한잔 없이 직장 상사에게 첫사랑 이야기를 해달라니. 드디어 정신 줄을 놓았어."

현우의 답변에 회사 후배는 두 눈을 동그랗게 뜨며 대꾸했다.

"그렇잖아요. 어차피 반등할 때까지는 기다려야 할 것이고, 떨어지는 주가얘기 계속 해봤자 속만 상할 테니. 이런 것들을 잊을 수 있는 얘기라면 뭐든지 좋을 것 같아요."

"하하하하! 미친! 그게 직장 상사의 첫사랑 얘기냐?!"

회사 후배 녀석의 심정을 100% 이해하는 현우였다. 사실, 존 버[12]하면 번다는 말 때문인지는 몰라도 자신의 주식 차트가 반등하기를 기다리며 어떻게든 그 시간을 견디기 위해 별의 별짓을 다 하게 된다는 것은 투자를 해본 사람들은 누구나 다 알 것이다. 어쨌거나, 직장후배의 말에 자연스레 과거를 회상하던 현우는 갑자기 거의 20년 이상 지나버린 그 사건이 문득 떠올랐다. 현우의 낯빛은 갑자기 어두워졌다. 현우의 표정변화를 읽은 회사

---

12) 존나게 버티다.

후배가 현우에게 물었다.

"팀장님. 뭐 안좋은 일 있으세요?"

"아니야."

"하긴, 마구 떨어지고 있는 주가보다 더한 일이 어디 있겠어요?"

이렇게 말하며 담배를 한 모금 빨아당기는 후배에게 현우가 다시 입을 열었다.

"실은 말이야, 20년이 좀 더 지난 것 같은데 아무튼 약 20년 전쯤에 내 가장 친한 친구가 사고를 당해 이 세상을 떠났지."

뜻밖의 말에 회사 후배는 별다른 대꾸를 하지 못한채 현우의 얼굴을 바라보기만 했다. 현우는 담담하게 하던 말을 이어나갔다.

"교통사고였어. 나랑 같이 학교 정문 옆으로 나있는 길을 걷고 있다가 이 녀석이 갑자기 뛰어가더라구. 그러다가 인도로 달려드는 차량에 부딪힌 거지. 3중 추돌사고라고 해야 하나? 차선을 바꾸려는 승용차를 트럭이 뒤에서 쳤고 그렇게 밀린 승용차가 다른 승용차를 쳤는데 그 차가 밀리면서 하필이면 인도 쪽을 덮쳤고 거기에 내 친구가 있었던 거지."

이렇게 말한 현우는 어느새 다 피어버린 담배를 바닥에 던지고는 발로 밟아 남은 불씨를 꺼버렸다.

"그런데 말이야, 지금도 내가 이해가 가지 않는 게 있거든."

회사 후배는 아무런 대꾸 없이 현우를 바라보며 다음 말을 기다리고 있었다.

"걔가 왜 군이 갑자기 그쪽으로 달렸는가 하는 게 이해가 잘 되지 않아. 내 친구가 좋아하는 여자애가 있었는데 우리 맞은편 멀리 앞쪽에서 그 여자애가 걸어오고 있었던 것 같아. 아무튼, 내 친구가 걔를 보고서 달려갔나 생각했거든. 근데 시간이 지나면서 걔를 보고서 그냥 달렸다기 보다는 혹시 걔를 구하려고 그쪽으로 달린게 아닌가 하는 이상한 의문이 생기는 거야. 분명 그럴 수가 없는데…"

"좋아하는 사람을 구하려구요?"

"응, 내 친구가 사고가 남으로서 그 여자애가 사고를 면했거든. 다시 말해 내 친구가 그쪽으로 달려가지 않았다면 그 차는 내 친구가 좋아한 그 애를 덮쳤을 거라는 거지."

회사 후배는 다소 흥미롭다는 듯한 표정으로 현우에게 물었다.

"그럼, 그 여자를 구하려고 뛰어든 것 맞네요. 그런데 왜 이해가 잘 되지 않는다는 거예요?"

"그게 말이야, 가까운 거리가 아니었어. 그 여자애 이름이 주희인데 난 사실 주희가 거기 있는 줄도 몰랐거든. 갑자기 내 친구가 막 달려가길래 난 황당해서 내 친구를 보았고 그때서야 멀리에 주희가 있다는 것을 알았는데 내 친구가 거의 주희 쪽으로 다 갔을 때 차가 덮쳤다는 거지."

현우가 여기까지 말하고 입을 다물자 순간 정적이 흘렀다.

"그렇다는 건 팀장님 친구는 그 사고가 날 것이라는 것을 알고 있었다는 그런 얘기?"

"그런 얘기."

이렇게 말하며 현우는 고개를 끄덕였다.

"주식 차트도 그렇게 미리 알 수 있으면 좋겠네요. 들어가죠, 팀장님."

이렇게 말하며 일어나는 후배의 뒷모습을 현우는 잠잠히 지켜보고 있었다. 그리고 후배에게 말했다.

"오늘 우리 팀 저녁 회식 취소!"

"네?"

후배는 뜬금없는 현우의 말에 회사 쪽으로 가다 말고 고개를 돌려 현우를 보았다.

"퇴근하면 내가 어디 좀 가봐야 할 것 같아서."

퇴근을 하고서 현우는 덜컹거리는 지하철에 올라탔고 어느새 학교 앞 역에서 내리고 있었다. 한동안 잊으려고 노력했고, 기억의 저편으로 몰아냈다고 여겼던 가장 친한 친구 민욱에 대한 기억이 오늘 회사 후배와의 대화를 통해 다시 살아나 버린 것이다. 민욱에 대한 기억을 지우려고 하면서도 늘 어딘가 찜찜한 느낌이

있었던 현우였다. 무언가 덜 풀린 숙제가 있는 듯한 느낌. 그 정
체를 알 수 없는 찜찜함 때문에 오히려 더 외면을 해왔는지도 모
른다. 학교 정문에 들어선 뒤 무의식적으로 먼저 운동장으로 향
했다. 운동장 한 귀퉁이에 있던 밴드부 연습실. 그 곳에서 불빛
이 새어 나오는 것을 본 현우는 천천히 그쪽으로 걸어갔다. 어느
새 도착한 현우는 조심스레 손잡이를 돌리며 문을 열었고 틈 사
이로 얼굴만 살짝 넣고서는 안쪽을 둘러보았다. 그곳에는 기타
사나이와 기품 있어 보이는 한 중년여성이 있었다.

"드디어 왔네. 두 번째 손님. 오랜만이야!"

기타사나이는 반가운 얼굴로 현우를 맞이했다. 현우는 놀라지
않을 수 없었다. 오랜만에 다시 보는 우혁 선배 그리고 그곳에는
뜻밖에도 주희가 있었던 것이다.

현우의 기억

현우는 조심스레 문을 열긴 하였으나 아직은 안으로 들어가지 않은 채 문 앞에 서있었다. 오랜만에 이 장소에 와서일까? 순간 대학생 시절의 기억들이 주마등처럼 스쳐 지나가는 듯했다.

"저기요, 그쪽도 신입생인가요?"

학교는 학생들로 가득 차 있었고 신입생 현우는 앞으로 3박 4일간 진행될 신입생 오리엔테이션 엠티에 참여하기 위해 경영학과 푯말이 있는 곳에 다소 어정쩡한 모습으로 서 있었다. 그때 누군가 말을 걸어온 것이다.

"아, 네네. 그쪽도 혹시 신입생인가요?"

"네, 저는 이민욱이라고 해요. 어차피 오리엔테이션에 가면 사람들을 한명 한명 알아야 할 텐데 가는 동안 말동무나 했으면

해서요."

현우와 민욱은 이렇게 처음 만나게 되었다. 춘천으로 향하는 관광버스가 하나둘 학교에 들어왔고 선배들의 인솔하에 신입생들이 한명 한명 정해진 버스에 올라탔다. 어느새 버스는 출발하여 한참을 달리고 있었다. 99학번 선배들은 버스 안에 설치된 노래방 기계와 연결된 마이크를 들고서 이런저런 이야기를 하며 분위기를 띄우려 했다. 하지만 버스 안 대부분의 학생들이 서로 잘 모르는 신입생이다 보니 분위기가 쉽게 달아오르지는 않았다. 99학번 남녀 선배들, 이렇게 두 명이 사회를 보고 있었는데 그다지 준비가 안된 탓인지 매끄러운 진행을 하지는 못했다. 그렇게 허둥대듯 사회를 보던 두 사람은 갑자기 민중가요라는 것을 배운다며 악보가 그려진 흰 종이를 나눠주었다. 그리고는 사회를 보던 여자 선배가 노래를 알려 주겠다며 그 곡을 부르기 시작했다.

♪

바위처럼 살아가보자
모진 비바람 몰아친대도
...

우리 모두 절망에 굴하지 않고

시련 속에 자신을 깨우쳐 가며

마침내 올 해방세상 주춧돌이 될

바위처럼 살자꾸나

♪

현우는 난생처음 민중가요라는 것을 접하게 되어 여간 아리송한 것이 아니었다. '해방세상 주춧돌이 될 바위처럼 살자꾸나.'라는 부분에서는 약간의 위화감마저 들었다. 대체 무엇으로부터의 해방이란 건지? 민중가요라면서 그동안 살면서 단 한 번도 들어본 적이 없다는 것도 이상했다. 붕어빵에 붕어가 없듯 민중가요는 민중들이 모르는 가요쯤으로 생각해야겠다고 개념정리를 해 버리는 현우였다. 그런데 이게 웬일?! 옆자리에 앉아 있던 민욱은 꽤나 익숙하게 잘 따라 부르는 것이 아닌가? 현우는 놀란 표정을 지으며 민욱에게 물었다.

"이 노래를 알아요?"

"네? 아… 뭐… 약간?"

이렇게 말하며 민욱이 현우를 보며 슬며시 웃어 보였다. 민중가요를 배워보는 시간이 끝나자 다시 침묵이 찾아왔다. 사회를 보고 있던 그 선배들이 분위기를 띄워보려고 버스에 설치된 노래방 기계를 다시 틀고서는 돌아가며 노래를 시켰는데 여전히 자연스러운 호응을 끌어내지는 못하고 있었다. 애써 들뜬 척 서로가 노력한다는 그런 느낌? 아무튼 이래저래 순서대로 돌아가던 마이크가 민욱의 차례까지 돌아오자 민욱은 자리에서 일어나 버스 통로로 가더니 갑자기 한가지 제안을 하였다.

"저기, 제가 지금부터 노래를 해야 하는데 보시다시피 그냥 노래만 해서는 별로 재미가 없을 것 같아서요. 제가 만약 노래를 잘해서 점수가 90점을 넘긴다면 이번 오리엔테이션 엠티 동안 사회를 보시는 여자 선배님과 씨씨를 하겠습니다."

그야말로 민욱의 뜬금없는 한마디였다. 학생들은 잠깐 머뭇거리는 듯하더니 이내 큰 웃음이 터져 나왔다. 단순히 노래를 하는 것 보다는 게임의 요소가 들어가는 것이 흥미를 확실히 더 북돋워 주었다. 게다가 새로 들어온 새내기가 대범하게도 99학번 여선배와의 씨씨를 제안한 것이다. 민욱이 그녀를 보고 정말로 첫눈에 반해서 그런 것인지 혹은 그저 분위기를 띄우기 위한 행동이었는지는 잘 모르겠으나 분명한 것은 민욱의 이 한마디로 지금까지의 분위기와는 확연히 달라졌다고 느끼는 현우였다.

'저 녀석, 어딘지 모르게 능숙한데?!' 하는 생각이 현우의 머리 속을 스치고 지나갔다. 민욱은 노래방 기계를 통해 신성우의 '내

일을 향해!'라는 곡을 선곡하여 부르기 시작했다. 신입생의 패기
가 느껴지는 곡이었다. 좀 옛날 노래이긴 했으나…

♪

낯익은 빗소리에 거리를 바라보다
무심코 지나쳐 버린 내 꿈을 찾아서
젖은 불빛 등에 지고 고개 숙여 걸어가다
버려진 작은 꿈들에 한숨을 던지네
…
내일을 향해서라면 과거는 필요 없지
힘들은 나의 일기도 내일을 향해서라면

♪

어찌어찌 노래는 마무리 되었고 버스에서는 열화와 같은 박수
와 함성이 터져 나왔다.

"사겨라~! 사겨라~!"

여기저기서 이렇게 외치고 있었으나 사회자 선배는 '죄송하지
만 사양하겠습니다.'라는 말로 민욱에게 거절의 의사를 내비쳤고

이러한 흐름을 이미 예상했던 민욱은 마이크를 들고서 버스 안 신입생들이 앉아 있는 자리를 보면서 다시 말했다.

"그럼 혹시 00학번 중에 저랑 씨씨할 사람?"

오른손을 들면서 이렇게 말하며 좌우를 둘러보는 민욱이었다. 아무도 손을 들지 않았고 잠깐의 침묵이 있는 듯 하였으나 이내 여기저기서 웃음이 터져 나왔다. 민욱은 다시 자리로 돌아왔다. 그동안 얼어있었던 분위기는 완전히 녹아 업된 분위기로 반전되었다.

"너 혹시 재수생이야?"

"아니, 왜?"

"아! 엠티 여러 번 와본 사람 같아서. 분위기도 잘 띄우고. 마치 처음이 아니라는 듯이."

이렇게 말하며 현우는 민욱을 바라보았다. 민욱은 슬며시 미소를 띠더니 나직이 말했다.

"처음이야."

한참을 달리던 버스는 어느덧 고속도로 휴게소에 들어와 차를 세웠다. 신입생들은 자신이 배정된 조와 이름이 적힌 명찰을 목에 매고서 버스에서 내리기 시작했다. 민욱과 현우는 함께 버스에서 내려 휴게소로 향하려던 찰나 누군가의 목소리가 들려왔다.

"너가 이민욱인가?"

목소리가 들려온 쪽으로 민욱은 고개를 돌렸고 그곳에는 훤칠한 키에 연예인 느낌이 나는 남자가 걸어오고 있었다.

"난 99학번 강승현이라고 해. 너 아주 재미있는 녀석이라면서? 벌써 얘기 다 들었어."

이렇게 말하며 핸드폰을 들어 보였다. 핸드폰을 통해 문자로 민욱이 탔던 버스 안 상황을 전해 들었다는 뜻이리라. 승현은 갑자기 민욱에게 와서 어깨동무를 하더니 귀에 가까이 대고서 속삭이듯 말했다.

"근데 말이야, 너네 버스에서 사회를 봤던 99학번 여자애가 나랑 씨씨인데 집적대면 안 되지."

민욱에게 한 말이었으나 옆에 있던 현우의 귀에도 그 소리가 함께 들려왔다. 현우는 순간 움찔하며 승현과 민욱을 번갈아 보았다. 아직 신입생이다 보니 선배의 한마디가 꽤나 무겁게 다가왔다. 긴장하는 표정을 숨기지 못한 자신과 달리 민욱은 그다지 표정변화가 있어 보이지 않았다. '애 지금 쫄아서 언 건가? 얼른 몰랐습니다, 죄송합니다 정도의 얘기를 해야 하는 것 아닌가?'하는 생각이 현우의 머리를 스쳐지나가는 찰나 승현이 웃으며 덧붙였다.

"하하하, 쫄지 말고. 뭐, 모르고 그런 건데. 걔도 재미있었대."

이렇게 민욱의 어깨를 툭툭 치고서는 휙 하고 휴게소 건물 쪽으로 가버렸다. 민욱은 여전히 별다른 표정 변화를 보이지 않은 채 현우를 보며 말했다.

"우리도 얼른 가서 시원한 거나 사 먹자. 노래했더니 목이 마르네."

민욱은 현우의 팔을 당기며 성큼성큼 앞서 걷기 시작했다. 어느새 민욱과 현우는 심적으로 꽤 가까워져 있었다. 그때, 갑자기 현우가 멈춰서더니 민욱을 툭툭 치며 말했다.

"야, 근데 쟤도 우리 과인가? 완전 예쁘다. 연예인 같은데."

현우가 손가락으로 가리키고 있는 쪽으로 고개를 돌린 민욱의 두 눈에는 청순한 기운을 내뿜는 주희의 모습이 비춰고 있었다.

"거기 그렇게 서 있을 거야? 오랜만이네! 얼른 들어와!"

기타사나이 우혁의 목소리가 예전 생각에 잠겨있던 현우를 다시 현실로 소환했다. 현우는 '아참!' 하며 고개를 좌우를 약간 흔들더니 기타사나이와 주희가 있는 밴드부 연습실 안으로 들어왔다. 참으로 오랜만에 다시 보는 주희 그리고 기타사나이 우혁선배였다.

두 번째 시간을 거닐다

"어서 와, 현우, 환영한다."

이렇게 말한 우혁은 기타줄을 튕기며 일렉기타의 전자음을 요란하게 내었다.

"아! 우혁 선배! 선배 맞아요? 정말 오랜만이네요. 언젠가 다시 보는 날이 있지 않을까 하는 예감이 가끔 들기도 했는데 막상 보니까 좀 뜻밖이기도 하고 반갑기도 하고… 머리 깎아서 그런지 몰라보겠어요. 암튼 진짜 반가워요."

현우는 대학 졸업 후 한 번도 보지 못했던 기타사나이 우혁을 다시 보니 여간 반가운 것이 아니었다. 우혁 선배가 왜 지금 이곳에 있는 것인지 알 수는 없으나 멋지게 정장을 차려 입고서 기타를 들고있는 모습을 보니 아마도 직장인 밴드의 기타리스트로 활동하는 것 같아 보였다. 그리고 지금 이곳에는 또 한 명, 뜻밖에도 주희가 있었다. 주희도 현우를 보면서 꽤나 놀라는 눈치였다. 대학 졸업 후 별로 만날 일 없던 두 사람이 우연히 이곳 운동장 한켠의 컨테이너 하우스에서 다시 보게 될 줄이야. 아무튼 현우는 안으로 들어갔고 세 사람은 적당한 곳에 털썩하고 앉았다. 그나마 예전에 하나 있었던 플라스틱 의자마저도 눈에 띄지 않았다. 우혁 선배와 주희까지 셋이서 밴드부 동아리방 바닥에 앉아 있자니 '민욱과 함께 이곳에 자주 오곤 했었는데…' 하는 생각이 문득 들면서 민욱이 더욱 그리워지는 현우였다. 이때, 주희가 우혁을 향해 물었다.

"그런데 제가 이곳에 올 것과 현우가 이곳에 올 거라는 걸 어떻게 알았죠? 아까 분명 제게 두 번째 손님이 온다는 말을 하였고 게다가 저는 분명 처음 보는 것 같은데 제 이름까지 알고 있으니 이건 아무래도 여간 이상한 일이 아니잖아요?"

주희의 말에 현우마저 적잖이 놀라는 표정이었다.

"아니, 우혁 선배. 제가 이곳에 올 것을 알고 있었다구요?"

우혁은 주희와 현우를 번갈아 바라본 뒤 소리 없는 미소를 슬며시 지었다. 그리고 천천히 입을 열었다.

"뭐, 지금부터 차근차근 얘기를 할 건데 얘기가 좀 길어질 것 같아. 저기 주희 씨. 제가 선배인 것 같으니 편하게 얘기해도 되지요?"

"네, 뭐 그러세요."

우혁은 고개를 끄덕인 뒤 숨을 들이마시고는 천천히 이야기를 시작했다.

"지금 너희들은 사실 두 번째 시간을 거닐고 있어."

"두 번째 시간을 거닐다뇨?"

다소 모호한 우혁의 말에 현우가 되물었다.

"그러니까 쉽게 말해서 이미 한번 지나갔던 시간인데 그 지나간 시간을 되돌려 어느 지점부터 다시 살고 있다는 거야. 처음의 삶과는 다른…"

현우와 주희는 영문을 알 수 없다는 표정으로 서로를 바라보았다. 우혁은 별로 아랑곳하지 않고 자신의 말을 이어나갔다.

"그 녀석이 시간을 돌렸거든. 아니, 정확히는 내게 시간을 돌려달라고 부탁했거든. 바로 이민욱, 그 녀석이 말이야."

첫 번째 시간
– 학교 안 버뮤다 삼각지

"주, 주희야!"

민욱은 쓰러져 있던 주희를 향해 달려갔다. 무엇을 어떻게 해야 할지 알 수가 없었다. 주희를 친 차량의 주인이 급히 나와 당혹한 표정으로 핸드폰을 꺼내어 구급차를 부르고 있었다. 민욱은 무력함을 느끼며 그저 구급차가 오기만을 기다릴 수밖에 없었다. 도착한 응급 대원들과 경찰들이 상황을 수습하기 시작했다. 주희를 실은 구급차는 사이렌 소리를 울리며 그곳을 급히 떠났다. 언제부터인지는 몰라도 수많은 학생들이 사고가 난 이곳에 모여 웅성거리고들 있었다. 민욱은 다소 멍한 표정으로 고개를 돌리는 찰나 승현 선배가 눈에 들어왔다. 민욱은 사람들 사이에 있던 승현을 향해 다가갔다.

"선배! 거기 있었어요?"

민욱이 다가오자 승현은 갑자기 당황하며 뒷걸음질 치다가 이내 돌아서 도망치듯 그 자리를 떠버렸다.

이 사건이 있은 뒤로 민욱은 도서관에 틀어박혀 공부만 하고 지냈다. 아는 사람을 만나는 것도 싫었던 민욱은 주로 이공계 도서관에서 공부를 했다. 민욱이 주희와 사겼던 것은 아니지만 자신이 가졌던 짝사랑의 크기가 얼마나 큰지 새삼 실감하고 있었다. 민욱의 단짝친구 현우가 동아리 활동이 없을 때면 민욱 옆에 와서 함께 공부를 하곤 했다. 어느정도 시간이 흐른 이후에야 비로소 민욱은 주희의 죽음에 대한 여파에서 아주 조금씩 벗어나기 시작했다. 그러던 어느 날 일요일 오후였다. 현우와 민욱은 함께 이공계 도서관에서 공부를 하다가 도서관 앞 벤치에 나가 음료수를 한잔 하며 이런저런 이야기를 나누고 있었다. 그때, 참으로 오랜만에 곱슬머리 뿔테안경의 그 물리학도를 다시 만나게 되었다. 현우와 민욱이 있는 곳에 그가 다시 나타난 것이다.

"어, 안녕하세요."

곱슬머리 뿔테안경 물리학도가 인사를 하며 다가왔다. 민욱과 현우는 괜히 그 괴짜가 반갑게 느껴졌다. 지난번에 눈이 내리는 시간을 정확히 맞추어서 일까? 갑자기 이 괴짜 학생이 신비스러워 보이기까지 했다.

"안녕하세요, 또 만났네요."

누가 먼저랄 것도 없이 민욱과 현우 모두 그에게 반갑게 인사를 했다. 곱슬머리 뿔테안경의 이 물리학도는 민욱과 현우가 앉아 있는 벤치 맞은편에 털썩하고 앉으며 여느때처럼 다짜고짜 자신의 이야기를 해대기 시작했다.

"지난번 시간물질설에 대해 이야기 했었잖아요? 제가 계속 연구 중인데 이게 액체 같기도 하고 기체 같기도 하고 암튼 특이해요. 액체처럼 흘러다니지만 기체처럼 떠다닌다. 저는 어쩌면 물질을 고체, 액체, 기체로만 나누는것이야 말로 현대 과학의 한계일지도 모른다는 생각을 가지게 되었어요. 시간이라는 개념을 파고들수록 그 생각은 점점 더 강해지고 있지요. 저는 인간의 생각, 행동 이러한 것들이 만들어 내는 어떤 파동이 있다고 생각하고, 이러한 파동이 흘러다니면서 그것이 시간이라는 물질이 된다고 가정하고 있어요. 저는 이러한 종류의 물질을 추상체라고 이름 지었어요. 액체도 고체도 기체도 아니기에 육안으로 그냥 볼 수는 없지만 분명히 존재하는 물질로서 추상체가 있다고 확신하는 거죠. 이 흐름에 변화를 주게 되면 많은 것이 달라질 수 있어요. 먼지가 공중을 떠다니고 있을 때 우리가 후하고 불면 그 먼지가 바람 때문에 뒤로 밀려나잖아요? 추상체인 시간도 우리가 후하고 바람을 불 듯 자극을 주면 그 흐름이 뒤틀리면서 뒤로 밀려날 수 있어요. 즉, 뒤로 밀려난 만큼 시간여행이 가능하다는 결론이 나옵니다. 아인슈타인의 상대성 이론에서도 시간의 흐름이 상대적이라고 하잖아요? 나는 분명 우주선을 타고서 우주여행을 1주일 하고서 지구로 돌아왔는데 집에 가보니 어느새 우리집에는 내 증손자가 살고있더라는… 추상체로서 흘러다니고 있는 시간의 흐름들이 여러개가 있는데 다른 흐름의 시간으로 갔다가 다시 원래의 흐름으로 돌아왔을 때 생길 수 있는 현상이지요. 흐름의 속도가 각각 다른 것이에요. 시간이라는 것이 존재하고 있는 물질들이 아니라면 어떻게 이런 게 가능하겠어요? 저는 아인슈타인의 이론에서 한 걸음 더 나아가고 있고 결국 제 가설이 맞다는 것을 증명하고 말거예요."

한참을 곱슬머리 물리학도의 말을 듣고 있던 둘이었으나 어차피 둘다 경영학과 즉, 문과생들이었기에 별로 할 말은 없었다. 잠자코 듣고 있던 민욱이 가볍게 웃으며 말했다.

"근데 그러고 보니 우리 몇 번 마주쳤지만 통성명도 안하고 얘기를 나누었네요. 혹시 이름이 어떻게 되세요?"

곱슬머리 물리학도는 뿔테안경을 통해 민욱과 현우를 관찰하듯 바라보는가 싶더니 천천히 입을 열었다.

"제 이름은 천재우예요. 물리학과 3학년. 군대는 아직. 그런데 지금 두 사람, 지난번과는 달리 시간의 흔적이 많이 지워져 있네요? 전에 만났을 때는 시간의 흔적이 먼지처럼 막 묻어 있었는데 말이죠. 뭐, 아무튼 또 봐요."

그러고는 벌떡 일어나 이공계 도서관쪽으로 가더니 어느새 건물 안으로 들어가 버렸다.

"확실히 좀 뭔가 특이한 사람이야."

현우가 말했다.

"그러게 말이야. 근데 3학년이면 우리보다 선배인데 꼬박꼬박 존대를 하네."

"뭐, 같은 과도 아닌데. 반말하기 애매하겠지."

"근데 말이야, 시간의 흔적이 사라졌다는 게 무슨 말일까? 우리에게 먼지처럼 묻어 있던 시간의 흔적들이 사라졌다고 말했잖아."

"신경 꺼. 어차피 만날 때마다 이상한 헛소리만 늘어놓는데…"

별 생각 없이 대꾸하는 현우였다. 하지만 민욱은 그냥 무시하고 싶지만은 않았다.

"생각을 해봐. 지난번에도 눈이 오는 시간을 정확히 맞췄잖아. 게다가 원래 천재는 좀 이상하잖아."

"나참! 그래서 뭐, 아까 천재우라는 그 선배가 시간여행이 가능하다는 말을 하던데 시간여행이라도 하실려고?"

"전에 만났을 때의 이야기까지 합쳐서 정리를 해보자고. 전에 천재우라는 저 선배가 우리를 보았을 때, 우리에게 시간의 흔적들이 많이 묻어있다고 했어. 너하고 나하고 말이야. 그런데 지금은 너와 내게 둘다 그 흔적들이 많이 사라져 있다고 했지. 재우 선배의 말에 따르면…"

어느새 민욱은 자기도 모르게 그를 재우 선배라는 친근한 호칭으로 부르고 있었다. 이를 인지하지 못한 채 민욱은 하던 말을 계속 했다.

"그때 버뮤다 삼각지 이야기를 하면서 다양한 시간의 흐름들이 있는데 그 흐름들이 서로 맞부딪히는 곳이 어떤 초자연적인 현상들이 나타나는 곳이고 그런 곳이 우리 학교 안에도 분명 있다는 얘기를 했었지."

"푸하하, 너 참! 그걸 그렇게 열심히 기억하고 있었어?"

현우의 비아냥 섞인 말에도 아랑곳하지 않은 채 민욱은 하던 말을 이어나갔다.

"너하고 나하고 예전에는 함께 갔었으나 최근에는 가지 않은 곳, 학교 안에서! 그곳이 바로 우리 학교 안의 버뮤다 삼각지야!"

"나~참, 거기가 어딘데?"

이렇게 현우가 말한 찰나, 둘은 동시에 한 단어를 내뱉었다.

"밴드부 연습실!"

두 번째 시간
– 우혁의 설명

    기타사나이 우혁은 습관적으로 일렉기타를 가볍게 튕기면서 생각에 잠긴 듯한 표정으로 이야기를 하고 있었다.

    "그렇게, 현우와 민욱 둘이서 함께 나를 찾아왔지. 무슨 곱슬머리 물리학도가 어쩌고 저쩌고 하면서 이곳이 여러 시간의 흐름들이 교차하는 곳이고 그래서 불가사의한 일들이 일어나는 곳이라나? 그리고 어쩌면 시간여행도 가능하다는 둥 그런 이야기를 내게 늘어놓더라구."

    "그러니까 선배의 표현대로 하자면 제가 첫 번째 시간의 흐름 안에 있을 때 그랬다는 거지요?"

    현우의 말에 우혁은 가볍게 고개를 끄덕였다. 주희는 여전히 아리송한 느낌이기는 하였으나 그래도 우혁의 말을 일단은 잠자코 듣는 편이 낫겠다고 생각했다.

"물론, 처음에는 나도 너희들의 말을 믿지 못했지. 게다가 너희들의 설명도 별로 두서가 없었으니까 말이야. 천재우라는 그 물리학도의 말을 옮기는 것이 되다보니까 당연히 설명이 순조로울 리가 없었겠지. 그날, 난 그저 술이나 한잔하고 가라며 이곳 동아리방에서 늘 그랬듯 너희들과 함께 감자칩을 안주 삼아 소주 한두 병 까고서는 돌려보냈지."

"하하하, 우혁 선배. 전생, 그러니까 첫 번째 시간에서도 이번 생, 그러니까 지금 이 두 번째 시간의 흐름에서 우리가 해왔던 행태들과 거의 같군요."

"그렇지. 근데 아무튼 말이야, 그때 너희들이 가고 나서 내가 이곳 동아리방에서 겪은 몇 가지 신기한 일들이 떠오르기 시작했어."

"그게 뭐죠?"

잠자코 듣고 있던 주희가 우혁의 말에 맞장구치듯 되물었다.

우혁은 주희와 현우를 번갈아 보는 듯하더니 다시 말을 이어갔다.

"사실, 내가 썼다고 알려진 책에 적혀있는 오혁이란 이름은 내 필명이 아니야. 오혁은 내 쌍둥이 형이야."

"네? 오혁이 선배의 필명이 아니라 쌍둥이 형의 이름이라구요?"

현우가 뜻밖이라는 표정을 지으며 말했다.

"그래. 사실 한때 베스트셀러였던 책 『해왕성에서 온 남자, 명왕성에서 온 여자』의 공동 저자로 올라가 있는 오혁이라는 이름은 내 쌍둥이 형의 이름이야. 우리 형도 한국대학교를 다녔지. 정확히 얘기하면 나보다 먼저 한국대학교를 다닌 거야. 난 사실 삼수를 했거든. 솔직히 공부라든가 책을 읽는다든가 글을 쓴다든가 하는 것은 나보다는 우리 형인 오혁이 훨씬 뛰어났어. 반면, 난 오히려 이 기타는 치는 것을 훨씬 좋아했지. 난 형과 같은 해에 입시를 치렀지만 반드시 한국대학교를 가야한다는 아버지의 고집에 의해 삼수를 해야했던 거야. 물론, 우리 형은 바로 한국대학교를 들어와서 이미 다니고 있었고 이렇게 교수님과 함께 공동 저자로 책을 출간하기도 했던 거지."

우혁은 잠깐 말을 멈추더니 다시 일렉기타를 튕기며 짧은 연주를 시작했다. 잔잔하지만 생소하게 들리는 그의 연주는 아마도 우혁의 즉흥연주 같았다. 기타줄을 튕기던 손을 멈추더니 우혁은 나직이 한마디 덧붙였다.

"내가 한국대학을 붙고서 이 학교 학생이 될 수 있었던 그해 우리 형은 교통사고로 죽게 되었어. 민욱이 죽은 그 장소 알지? 실은 그곳이 우리 형도 죽었던 곳이야."

"네?"

뜻밖의 말에 현우가 되물었다.

"민욱이 교통사고가 난 그 장소가 앞서 우리 형이 사고를 당했던 곳이지. 그리고 사실 그곳은 첫 번째 시간에서는 주희가 사고가 난 곳이기도 하고 말이야."

"네? 제가요?"

우혁은 고개를 나직이 끄덕였다. 그리고는 기타를 만지작거리는 듯 하더니 다시 입을 열었다.

"뒤죽박죽 이야기를 하면 헷갈릴 테니까 일단 우리 형 얘기부터 하도록 할게. 내가 한국대학교에 입학하고서 얼마 있지 않아 형이 교통사고를 당해. 학교 앞 정문 가까운 도로에서 말이야. 소매치기 사건이 있었거든. 한 소매치기가 어떤 여성의 백을 훔쳐서 달아나기 시작했고 그것을 본 우리 형이 소매치기범을 쫓아가다가 당한 사고. 그때 뉴스에도 났었지."

"아! 들었던 것 같아요."

주희가 맞장구를 치며 말했다. 우혁이 그런 주희에게 가볍게 웃으며 다시 이야기를 이어가려는 찰나 현우가 입을 열었다.

"지금 우혁 선배의 형이 사고가 났다고 했는데 제가 갑자기 궁금해지는 것은 선배의 말에 따르면 우리가 지금 두 번째 시간을 살고 있는 거잖아요? 그러면 선배의 형은 첫 번째시간 그리고 두 번째시간에서 모두 똑같이 사고를 당한 건가요?"

"하하하, 좋은 질문이야. 결론부터 말하면 그렇지는 않아. 일단 질문이 들어왔으니 그 부분부터 말해보자면, 첫 번째 시간에서 내가 아까 너랑 민욱이 내게 찾아와 시간여행 어쩌고 했을 때 그냥 너희들을 돌려 보냈다고 했었잖아? 그건 단순히 헤프닝에 지나지 않았던 거고. 우리가 모두 이곳을 졸업하고도 시간이 한참 흐른 뒤, 우리들의 나이가 불혹을 넘어섰을 때쯤, 난 이번 생에서도 그렇지만 첫 번째 시간에서도 직장인 밴드를 하고 있었고 연습실로 이곳 모교의 밴드부 연습실을 렌트해서 쓰고 있었지. 첫 번째 시간에서 우리 학교 밴드부는 내가 졸업한 후 언제부터인가 명맥이 끊겼었는데 내가 직장인 밴드 연습실로 쓰고 싶다고 학교에 요청해서 일정 비용을 지불하고 이 장소를 렌트 했었거든. 물론, 두 번째 시간인 지금도 우리학교 밴드부는 내가 졸업한 후 명맥이 끊겼고 보시다시피 내가 렌트해서 쓰고 있고 말이야. 아무튼, 그때 민욱, 너 그리고 너네과 선배인 승현이라는 사람이 함께 이곳으로 찾아와 내게 시간을 돌려 달라고 했지. 그래서 시간을 돌리는 작업을 한 거야. 하지만 내가 돌려낸 시간은 우리 형이 죽은 이후의 시간부터였던 거야. 그 이전으로 돌아가지는 못했던 거지. 그래서 우리형은 사고를 한번 당한 셈이야."

"아, 그렇군요."

현우와 주희는 고개를 끄덕였다. 현우는 문득 생각난 듯 눈을 크게 뜨며 우혁에게 물었다.

"근데 선배는 저와 민욱 그리고 승현 선배가 함께 찾아와 시간을 돌려달라고 했을 때는 어떻게 그렇게 순순히 받아 들였나요?"

이 질문에 우혁은 잠깐 생각에 잠기는가 싶더니 천천히 입을 열었다.

"그때는 너희들의 말을 믿을 만한 이유가 있었거든. 우리 학교 출신 천재우 교수가 그의 이론으로 노벨상을 받고서 유명해졌기에 자연스레 나도 그의 시간물질설에 대한 책을 읽을수 있었고 그 책을 통해 시간 여행의 개념을 어느 정도 이해할 수 있었던 거지. 너네가 대학교 때 나를 찾아와 두서없이 말했던 그 내용들이 책에서는 체계적으로 잘 정리되어 있더라구. 아무튼, 그런 와중에 세 사람 즉 너, 민욱 그리고 승현이라는 사람이 찾아와 천재우 교수의 이론을 내게 얘기하더라구. 게다가 천재우 교수를 직접 찾아가 시간여행을 위해 시간의 흐름을 뒤로 돌리는 것이 가능한 장소를 물었는데 그곳이 여기라고 알려주었다고 하더라. 시간을 돌리고 싶다고 해서 아무데서나 가능한 것은 아니고 시간의 흐름이 다른 흐름들과 마구 부딪히며 충돌과 마찰로 인해 그 흐름이 상당히 약해져있는 그런 곳에서만 시간을 돌리는 것이 가능하기에 그런 곳을 찾는 것이 중요한 문제가 되는 것이지. 이 개념은 책을 통해 이미 나도 알고 있었어. 시간의 흐름이 정상적인 에너지를 가지고서 흘러다니는 곳에서는 그 흐름을 반대로 돌리는 것이 불가능해. 아무튼, 내게 시간을 돌려달라고 하는데 그때는 나도 시험 삼아 해보자는 호기심이 동했던 거지. 뭐, 난 내게 쥐어 준 악보를 보고 연주만 하면 되는 거였으니까 별로 힘들 것도 없고 말이야."

악보를 연주만 하면 된다는 것이 무슨 뜻인지 현우가 물으려는 찰나 주희가 먼저 입을 열었다.

"그런데 그들은 대체 왜 시간을 돌려달라고 하였나요?"

주희의 질문에 우혁은 잠깐 머뭇거리는가 싶더니 천천히 입을 열고서 대답했다.

"시간을 돌려서 너를 구하고 싶다는 거였지."

"네?"

뜻밖의 말에 주희가 두 눈을 동그랗게 뜨며 우혁을 보았다.

"민욱이 너를 좋아하는 것은 내가 익히 알고 있었는데 승현이라는 사람도 너를 구하고 싶다고 하더라고."

현우는 비로소 이해가 간다는 표정을 지으며 말했다.

"민욱이 녀석은 갑자기 달리기 시작하더니 주희를 덮치려는 차를 막았어요."

현우는 잠깐 머뭇거리는 듯하더니 한마디 더 덧붙였다.

"시간을 돌려 주희를 대신해서 사고를 당한 것이군요."

두 번째 시간
— 주희의 남편

주희는 어느새 다시 자신의 교수연구실로 와 있었다. 주희로서는 참으로 충격적인 이야기의 연속이었다. 주희와 현우, 둘 다 우혁으로부터 너무 충격적인 얘기를 들었기 때문일까, 오랜만에 술 한잔하며 회포를 풀 법도 한데 우혁이 있던 컨테이너 하우스에서 나오자마자 서로 작별 인사를 한 뒤 각자 갈 곳을 향해 성급히 헤어졌던 것이다. 아마 둘 다 머릿속에서 정리할 거리들이 잔뜩 생겼기 때문이리라. 특히 주희는 자신이 당했어야 하는 교통사고를 민욱이 대신 당해주었다는 사실을 알고서 이를 어떻게 받아들여야 할지 정리가 되지 않았다. 물론, 민욱이 자신을 대신해서 사고를 당했다는 표면적 사실이야 모를 수 없겠으나 이는 어디까지나 어쩌다 발생한 우발적 상황인 줄로만 알았지, 그것이 그렇게 하기 위해 민욱이 작정하고서 기타사나이 우혁에게 시간을 돌려달라는 부탁까지 하면서 실행한 행동이라고 하니 주희가 이를 어찌 알 수 있었을까? 어느새 꽤나 늦은 시간이었다. 벽에 걸린 시계는 밤 10시를 훌쩍 넘어가고 있었다. 이때, 끼익하는 소리가 들리더니 교수연구실 문을 열고서 한 남자가 들어왔다.

"당신 왜 아직 여기 있어?"

"아! 여보, 여긴 어쩐 일이야?"

"전화해도 안받으니까 혹시나 해서 와봤지."

문을 열고 들어온 남자는 주희의 남편이었다. 집에 있다가 온 듯한 차림의 트레이닝복이었다.

"주차장에 주차해뒀으니까 어서 집으로 가자. 할 일이 더 남았어?"

"아냐, 가자."

주희는 얼른 교수연구실 문을 잠그며 앞서 걷고 있던 남편에게 달려가 팔짱을 꼈다.

"갑자기 왜 이래? 새삼스럽게."

주희의 남편은 다소 쑥스러운 듯 팔을 빼려고 했다.

"왜~ 좋잖아~"

주희는 남편의 팔을 꼭 쥐고서 함께 계단을 내려가기 시작했다. 경영관 1층으로 와서 밖으로 나오니 예전부터 서 있던 경영대 옆 큰 나무가 눈에 들어왔다. 잘 자란 플라타너스 나무였다.
주희의 남편은 갑자기 생각난 듯 주희를 보며 물었다.

"참, 여기 지하 커피집 그대로 있나? 갑자기 궁금해지네."

주희는 남편의 말에 다정한 표정을 지으며 대답했다.

"응, 아직 있어. 승현 오빠."

"아니, 오늘따라 왜 그래? 평소처럼 해. 당신 결혼하고 나서부
터는 그렇게 안불렀잖아?"

"그냥, 왠지 옛날 생각도 나고 해서…."

주희는 가볍게 웃은 후 플라타너스 나무쪽으로 고개를 돌렸다
가 다시 그녀의 남편인 승현을 보며 말했다.

"어서 가자!"

첫 번째 시간
– 종로2가 맥주집에서 1(승현의 계획)

민욱은 회사원의 상징이라고도 할 수 있는 검은색 양복을 입고서 종로에 있는 회사 건물 앞 광장에서 현우를 기다리고 있었다. 어느새 나이 40을 넘겨버린 아저씨가 되어 있는 둘이었다. 두 사람 사이의 인연은 지금껏 이어져 회사도 같은 곳을 다니고 있었다. 대학 4학년 때 서로 정보를 주고받으며 취업 준비를 하다 보니 입사원서를 넣는 회사들이 비슷했고 경영학과 전공을 살려서 둘 다 국내 유명 증권사에 함께 입사를 하게 된 것이다. 고개를 들고서 하늘을 보니 어느새 별빛이 반짝이고 있었다. '여~!' 하고 부르는 소리에 그쪽으로 고개를 돌리니 현우가 헤죽헤죽 웃으며 어느새 회전문을 나와 민욱에게로 다가오고 있었다. 회사 생활이라는 것이 워낙 바쁘다 보니 정신없이 지낼 수밖에 없었지만 그래도 가끔 회사 앞 맥주집에서 함께 한잔씩 하고서 집으로 가곤 하는 두 사람이었다. 회사 맞은편 늘 가던 호프집으로 들어가 늘 앉던 자리에 앉았다. 이곳은 가게 앞 마당 쪽에 테이블을 많이 놓아둔 곳이 있었는데 그리 덥지도 춥지도 않은 그런 날이면 민욱과 현우는 앞마당에 있는 테이블에 주로 앉곤 했다. 가게 안쪽 벽에 걸린 대형 스크린에서는 늘 야구경기 영상이 틀어져 있었다. 때로는 예전 박찬호 선수가 LA다저스에 있으며 플레이했던 경기 영상을 보여주기도 했는데 그럴 때면 10대 때로 돌아간 듯한 기분을 느끼는 두 사람이었다. 테이블 위에는 어느새 맥주 두 잔과 버터감자구이, 그리고 골뱅이무침이 놓여 있었다.

"예전에는 진짜 박찬호 경기한다고 하면 막 심장 떨리는 마음으로 결과를 기다리곤 했는데. 그게 뭐라고, 참나!"

이렇게 말하는 민욱을 보며 현우는 눈을 동그랗게 뜬 채로 입을 열었다.

"그게 뭐냐니. 야! 그때 우리나라 선수가 어디 메이저리그에서 경기한다는 걸 상상이나 할 수 있었어? 말 그대로, 국위선양! 박찬호는 대한민국의 위상 그 자체였잖아."

맥주를 가볍게 들이키던 민욱은 골뱅이무침의 소면을 포크로 둘둘 말면서 답했다.

"하긴, 그렇긴 하지. 진짜 그때로 돌아가고 싶다. 타임머신이라도 타고서 말이야."

민욱의 이 말을 듣고서 현우가 잠깐 뜸을 들이는가 싶더니 나직이 속삭이듯 입을 열었다.

"네가 타임머신이라고 하니까 갑자기 떠올랐는데 너 예전 그 우리 학교 곱슬머리 물리학도 천재우 선배 기억나냐?"

"아! 당연히 기억나지. 그 비주얼이 어디 가겠어? 크크크. 지금도 눈에 선하네. 지금 우리 학교 물리학과 교수라던데. 게다가 작년이었나, 재작년이었나, 노벨상도 수상했잖아. 온 나라가 떠들썩했고 말이야. 그때 우리가 말도 안된다고 생각했었던 그 시간물질설인가 하는 개념을 구체화시켜서 받은 거라고 하던데…"

"그러니까, 그렇다면 그때 우리에게 말했던 시간의 흐름에 어떤 충격을 주어서 그 흐름을 어느 정도 거꾸로 되돌리는 것이 가능할 수도 있다는 거잖아. 시간물질설이 맞다면. 그러면 어쩌면 천재우 교수는 이미 타임머신이나 그 비슷한 거를 발명하지 않았을까?"

현우의 뜬금없는 말에 크게 소리 내어 웃는 민욱이었다. 한참을 웃던 민욱이 다시 입을 열었다.

"야! 그래서 박찬호 보러 되돌아가자고?"

"아니! 뭐 꼭 박찬호 보러 가자는 건 아니지만. 그래도 신기하잖아."

현우와 민욱은 함께 맥주잔을 맞부딪친 뒤 꿀꺽 꿀꺽 소리를 내며 마셔대기 시작했다. 그때, 누군가 부르는 소리가 들려왔다. 민욱과 현우는 소리가 나는 쪽으로 고개를 돌렸다. 그곳을 보니 어떤 훤칠한 남자가 검정 양복을 입고서 서 있었다. 중년의 남성이었지만 나름 젊은 시절의 모습을 간직하는 수려한 외모에 큰 키. 그런데 이 사람의 얼굴이 왠지 낯이 익다고 느끼는 둘이었다. 그렇다! 그는 승현 선배였던 것이다.

"어랏! 승현 선배!"

오랜만에 보니 반가운 마음이 들었던 현우는 승현을 향에 웃어보였으나 민욱은 이렇다 할 인사를 건네지 않은 채 다소 어색한 표정으로 승현을 바라보고 있었다. 승현은 두 사람 쪽으로 와 남아 있는 빈 의자에 털썩하며 앉았다.

"좀 앉아도 되지?"

"네."

승현은 웨이트리스를 불러 자신도 생맥주를 한 잔 시켰다. 맥주는 금방 나왔고 승현은 한 모금 들이킨 후 둘을 보며 입을 열었다.

"오랜만이야!"

"네, 오랜만이에요. 그동안 잘 지내셨어요? 여기는 어쩐일로…?"

현우가 답했다. 민욱은 잠자코 승현을 바라보고 있었다.

"너희들이 여기 종로 쪽에 있는 증권사를 다닌다는 얘기는 후배들에게 들어서 알고 있었어. 사실, 이 맥주집이 너희들 단골 술집이라는 것도 말이야."

민욱과 현우는 '그런것까지…'라는 듯한 표정으로 서로의 얼굴을 바라보는가 싶더니 다시 승현을 보았다.

"아! 너희도 알다시피 너희가 일하는 증권사에 우리 과 애들 많이 다니잖아. 걔네들 제보지, 뭐."

"혹시 선배께서는 저희를 일부러 찾으신 건가요? 왜죠? 그리고 저희를 찾으려 했다면 선배는 과에 친했던 선후배도 많아서 우리 전화번호쯤은 쉽게 알 수 있었을 것 같은데요?"

민욱이 승현에게 물었다. 승현은 어느새 앞에 놓인 골뱅이를 소면과 함께 둘둘 말아서 입에 넣은 뒤 우적우적 씹어대고 있었다. 맥주 한 모금 꿀꺽하고 마시며 목을 축이는가 싶더니 버터감자 한 덩이를 야무지게 베어물고서 두세 번 씹고서는 비로소 대답하기 시작했다.

"응, 너희들을 찾으면서도 한편으로는 생각을 정리해야 했기에 … 아직은 찾을까 말까 나로서도 갈팡질팡 한 거지. 사실 정확히는 너희들이라기보다는 민욱이 너를 찾으려 한 거야. 물론, 너를 찾으면 너의 단짝 친구 현우도 같이 보게 될 것 같긴 했는데…

. 뭐, 사정을 아는 사람이 한 명이라도 더 있어서 함께 고민해 보면 더 좋지."

민욱과 현우는 동시에 자기 앞에 놓인 맥주잔을 들고서는 입으로 가져가 한 모금 들이켰다. 이들을 바라보던 승현이 천천히 입을 열었다.

"너희들도 알 거야, 우리 학교 출신 노벨상 수상자 천재우 교수를."

승현의 말을 듣자마자 민욱이 깜짝 놀라며 자기도 모르게 한마디 내뱉었다.

"아니, 그럼 선배도 시간여행에 관심이…?"

너무 말이 앞서 나온 것 같다는 생각이 뒤따른 민욱은 미처 말을 다 하지 못한 채 입을 다물어버렸다. 하지만 승현은 별다른 표정 변화도 없이 오히려 민욱의 말에 고개를 끄덕이며 하려던 말을 계속해 나갔다.

"응, 천재우 교수가 발표한 논문 그리고 저서들을 몽땅 읽어 봤어. 재미있는 내용이 있더라구. 시간은 물질이고 흐름인데 그 흐름은 여러 갈래이고 그래서 복잡하게 교차하는 지점들이 존재할 수밖에 없다는 거야. 그 흐름들이 서로 얽혀있는 곳에서는 마찰이 일어나게 되는데 이런 곳에서는 우리가 흔히 초자연적 현상이라고 부르는 일들이 잘 일어난다는 거지. 사실은 어떤 시간의 흐름이 다른 시간의 흐름에 영향력을 미침으로서 발생하는, 언젠가는 과학으로 해석 가능한 현상들이라고 그는 주장하지. 그런데 아무튼 이런 곳에서 특정한 시간의 흐름에 반대로 영향을 줄 경우 그 흐름이 순간 거꾸로 역행하게 될 수도 있는데 그러면 역행한 정도만큼 시간을 되돌리는 것이 가능하다는 거야."

"선배가 천재우 교수의 이론에 심취해 있다는 것은…"

미처 현우의 말이 다 끝나기도 전에 승현이 대답했다.

"난 시간을 돌리고 싶은 거지."

승현의 대답에 이번에는 민욱이 입을 열었다.

"그런데 왜 저희를, 아니 정확히는 저를 찾으려 했다는 거지요?"

"너하고 나하고의 공통 분모."

이렇게 말한 승현은 약간 뜸을 들이는가 싶더니 짧게 덧붙였다.

"오주희 때문이지."

민욱은 순간 움직임을 멈춘 채로 승현을 보았다. 승현은 그런 민욱을 보면서 '하하하!' 하고 웃어 제끼더니 입을 열었다.

"야, 솔직히 너가 주희 좋아했다는 것을 모르는 사람이 우리 과에 있을까?"

민욱은 왠지 얼굴이 화끈거리는 것 같았다. 이때, 현우가 승현의 말을 거들었다.

"푸하하하, 그렇죠. 근데 이녀석 말이죠, 무심한 남자가 여자들에게 인기가 있다는 조언을 어떤 선배에게 듣고서는 여자들에게 되게 관심 없는 척, 무심한 척 그렇게 하고 다녔는데 그때도 티가 다 나서… 무심한 남자가 아니라 무심한 척하는 남자라고 과 사람들이 그렇게 얘기하곤 했었다는…크크크크!"

민욱은 승현의 말을 받아 자신을 놀려대는 현우를 흘겨보았고 현우는 그제야 따가운 눈초리를 느끼며 하던 말을 멈추었다.

"그게, 네 매력이야. 짜샤!"

승현이 이렇게 한마디 툭 던지더니 다시 말을 이어나갔다.

"아무튼, 난 시간을 돌려서 주희를 살리고 싶어. 혼자서 이렇게 고민하다가 갑자기 민욱이 네가 머릿속에 떠오르더라. 왠지, 너와 만나서 이야기를 해야 이 문제가 잘 풀릴 수 있을 것 같아서."

뜻밖의 말에 민욱과 현우는 순간 아무 말도 하지 못한 채 그저 승현의 얼굴을 바라보았다. 승현은 아무렇지도 않다는 듯이 자신의 맥주잔을 깨끗이 비우더니 한 잔을 더 시키고 있었다.

"저는 주희를 진심으로 좋아했으니 그렇다 치더라도 선배는 아니잖아요? 그냥, 주희랑 사겼던 건 엔조이 아니었나요? 우리 과 사람들 다 그렇게 알 것 같은데."

민욱의 가시 돋친 한마디였다. 민욱의 말에 승현은 잠깐 멈칫하는 듯하더니 때마침 웨이트리스가 가져다준 두 번째 맥주잔을 건네 받고서는 다시 한 모금 마시고서 입을 열었다.

"나도 주희를 정말 사랑했었어. 단지 약간 늦게 깨달았던 것뿐이지. 그때 내가 좀 철이 없었던 거지. 너도 봤잖아. 주희가 사고를 당한 현장에서 내가 얼마나 당황했었는지. 물론, 내가 괜한 허세를 부리느라 그런 퀸카도 내게는 한낱 엔조이 상대에 지나지 않는다는 식의 말을 하고 다녔던 것은… 부끄럽지만 사실이야. 정말 바보 같았던 거지."

"그래서 선배가 펼쳤던 논리가 '주희는 걸레'였나요?"

민욱이 승현을 한 번 더 쏘아붙였다.

"맞아, 그거야."

승현이 툭 하고 던지듯이 내뱉었다. 막상 상대가 너무 쉽게 인정하고 나니 오히려 별로 할 말이 생각나지 않는 민욱이었다.

"야야, 왜 그래. 선배도 지금 그 일을 후회하고 있다는 거잖아."

현우가 분위기를 누그러뜨리려는 손짓을 하면서 민욱에게 말했다. 승현이 다시 입을 열었다.

"사실 그때 주희의 사고 이후 정말로 하루도 마음이 편할 날이 없었어. 대학교 졸업 후 무작정 미국 유학을 떠났어. 어차피 아버지 병원을 물려받아야 했거든. 의사는 우리 형이긴 한데 난 미국에서 병원경영을 공부했고 돌아오는 대로 병원의 전반적인 경영을 맡아서 하기로 되어 있었던 거야. 우리 아버지가 병원 3

개를 운영하셨거든. 그중 2개는 지금 내가 경영을 맡아서 하고 있고."

병원 3개라는 말에 민욱과 현우는 '역시 승현 선배는 금수저가 맞구나!' 하는 생각을 다시 한번 하고 있었다. 승현은 담담히 자신의 이야기를 이어나갔다.

"뭐, 정해진 코스라면 코스였겠지만 그때 당시에 한편으로는 빨리 한국을 떠나 다 잊고 싶다는 생각도 있었어."

"물론, 선배가 주희의 사고로 어느 정도 심적 고통을 겪을 수는 있었겠지만 선배가 그 사고의 결정적 계기인 것은 아니잖아요? 갑자기 그렇게 힘들어할 이유가 있었나요?"

민욱의 질문에는 여전히 승현을 향한 약간의 냉소가 섞여 있었다. 승현은 이를 아는지 모르는지 여전히 담담한 어조로 말했다.

"주희가 사고를 당하던 날, 그날 대략 점심때 가까웠던 것 같은데, 아무튼 경영대 지하에 편의점도 있고 커피집도 있었잖아. 학생 식당도 있었고. 마치 푸드코트처럼 의자와 테이블들은 함께 공유했었고. 기억하지? 아무튼, 거기서 주희와 마주 앉아 이야기를 좀 나누었어."

민욱으로서는 잊혀지지 않는 바로 그 장면이었다.

"그날, 걔와 화해를 하려고 했어. 뭐, 다시 시작하자는 것까지는 아니었고 그래도 내가 미안하다는 생각이 들었거든."

"참, 편리하게 말씀하시네요. 아무렇지도 않게 상처를 주고 또 쉽게 화해를 제시하고…"

민욱은 속에서 열이 올라오고 있음을 느꼈다.

"뭐, 그렇게 볼 수도 있겠지. 그렇게 비난한다면야 나도 변명할 생각은 없어. 아무튼, 그날의 대화가 주희를 좀 혼란스럽게 한 것 같아. 경영대를 나와 함께 걷던 우리는 학교 후문 쪽에서 헤어졌어. 주희는 좀 더 걸으며 생각이 필요하다고 했고 나는 알겠다고 하면서 내 갈 길을 갔던 거지. 그리고 사고가 났던 거고."

"미안하긴 해도 다시 사귈 마음은 없다. 주희를 향한 선배의 사랑이라는 건 거우 그정도였다는 것을 증명하는 것 아닌가요?"

승현과 민욱의 대화에 끼어들 틈이 없었던 현우는 그저 둘의 대화를 지켜볼 뿐이었다.

"그럴 수도 있겠지. 하지만 나도 주희의 사고를 목격하고서 많이 생각했어. 위로한다고 했던 나의 말이 오히려 그녀를 더 비참하게 했을지도 모른다는… 미안하긴 하지만 그렇다고 너와 다시 사귈 마음이 있는 것은 아니라는 그런 편리한 말쯤으로 들렸을 테니까. 솔직히 주희의 사고를 보고서 난 많이 두렵기도 하고 걱정도 되었어. 내가 했던 말 때문에 주희가 또 한 번 혼란에 빠졌던 거고 그런 상태로 깊은 생각에 빠져 길을 걷다가 돌진하는 차를 미처 인지하지 못한 채 사고를 당한 게 아닐까 하는… 그렇다면 주희는 내가 죽인 셈이 되잖아."

여기까지 말하고서 잠깐 말을 멈추었던 승현이 민욱과 현우를 번갈아 보며 다시 말을 이어나갔다.

"사실, 난 요즘 세속적인 관점으로 보면 너무 잘나가. 정말로 남부러울 것 하나 없어. 아버지 병원들 중 2개를 내가 운영하고 있고, 강남에서도 가장 비싼 동네에 살고 있으며, 당연히 차는 고급 외제차에 지금이라고 결혼하자고 하면 바로 결혼하겠다는 여자들, 그것도 절세미녀급 예쁜 여자들이 줄 서있고, 이래저래 건물, 땅 등등으로 인한 임대수익까지. 무탈하게 떵떵거리며 잘 살 수 있는 이런 상황에서 시간 한 번 돌려보겠다고 천재우 교수의 논문과 그가 쓴 모든 저서들을 연구하고서 지금 민욱이 너와 얼굴 맞대고 이런 이야기까지 하고 있는 지금의 이 행동들은 어떤 의미를 갖는다고 생각해?"

뜻밖의 승현 선배의 얘기에 민욱은 순간 말문이 막혔다. 이때, 현우가 치고 들어왔다.

"자자, 그러니까 이제 진짜 사랑을 지켜내자는 거잖아요, 두 사람 모두? 근데, 우리 세 사람 모두 40대가 지나도록 결혼을 안했네. 혹시 시간을 돌리면 저도 학교 다닐 때 사겼던 일어과 선배랑 다시 새롭게 시작해 볼 수 있는 건가? 저도 잘 사귀다가 안타깝게도 헤어질 수밖에 없었던 나름의 사연이 있거든요. 하하하!"

호탕한 웃음을 섞어가며 분위기를 진정시키려는 현우는 잔을 들고서 건배를 하자는 제스처를 취했고 어쨌거나 세 사람은 그렇게 잔을 마주 부딪혔다. 민욱이 현우에게 타박하는 눈빛을 보내며 한마디 덧붙였다.

"야! 그건 네가 바람피다 걸려서 차인 거잖아."

현우는 당혹해하는 웃음을 지으며 덧붙였다.

"야야! 승현 선배를 봐봐. 젊었을 때의 사랑이란 건 다 그렇게 서툰 부분이 있는거야."

이렇게 말하며 현우는 억지스런 웃음으로 민욱의 입을 막으려 했다.

"하하하하하!"

한바탕 현우의 웃음이 끝나자 승현이 다시 입을 열었다.

"내가 천재우 교수가 쓴 모든 논문 그리고 책으로 출간한 모든 내용들을 다 섭렵했는데 그가 말한 시간여행에는 몇 가지 특징이 있어."

민욱과 현우는 잠자코 승현의 말에 귀를 기울였다.

"첫째, 필연성. 즉 이런 거지. 첫 번째 시간의 흐름에서 일어난 사건은 다시 시간을 돌려서 변화를 준다고 해도 그것이 반드시 일어나야 하는 사건이라면 유사한 형태로라도 결국 일어난다는 거지. 필연성이 존재하는 이유는 세상의 물리적 균형이 유지되게 하기 위함이라는 거야. 다시 말해 우리가 시간을 돌려서 주회의 사고를 막아낸다고 해도 그것이 필연성에 속하는 사건이라면, 즉 세상의 물리적 균형을 잡기 위해 벌어지는 사건이라면 주회가 아닌 다른 누군가가 결국 그 장소에서 같은 사고를 당하게 될 것이라는 거지. 필연적으로 말이야."

민욱이 나직이 말했다.

"주회를 구하는 행동이 다른 누군가에게 큰 피해를 입힐 수도 있는 거겠네요."

민욱의 말에 누구도 별다른 대꾸를 하지는 않았다. 승현은 맥주 한 모금으로 가볍게 입을 적신 뒤 다음 얘기를 이어나갔다.

"둘째, 시간을 돌리는 방법. 시간의 흐름들이 흘러다니고 교차하고 하는 지점, 즉 시간의 흐름들이 서로 부딪히며 서로 마찰을 일으키는 지점을 찾아서 그곳에서 자극을 주면 되는데 자극을 주는 방법이 흥미로워. 음악의 선율이라는 거지. 즉, 그곳에서 이를테면 일렉기타와 같은 강력한 자극으로 음악의 파동을 만들면 시간의 흐름이 이에 반응하여 이상 현상을 일으키게 되는데 이 자극을 과학적 계산을 통해 잘 주게 되면 시간의 흐름이 순간적으로 역행 현상을 일으켜 시간여행이 가능하게 된다는 거야. 교수가 된 그 천재우라는 선배의 책에 따르면 자신이 현재 그렇게 할 수 있는 적절한 장소를 알고 있다고 하는데 이곳을 밝히고 있지는 않아. 하지만, 이것은 우리가 그를 찾아가서 물어보면 돼."

민욱과 현우는 승현의 말에 별다른 대꾸는 하지 않았지만 그 장소가 어디일지는 충분히 짐작이 되었다. 잠시 후, 현우가 재미있는 표정으로 입을 열었다.

"그러면, 천재우 교수의 이론대로 하면 만약, 누군가 시간을 되돌린다고 했을 때 그가 돌아가고 싶은 시기가 있을 텐데 음악의 선율을 통해 시간의 흐름을 자극하여 시간을 돌린다고 할 것 같으면 과학적 계산에 맞추어 음을 작곡한 뒤 그것을 연주하면 우리가 원하는 시간대로 갈 수 있다는 것이겠네요. 마치, 옛날에 우리가 봤던 만화 '아기공룡 둘리'에서 도우너가 바이올린으로 시간여행을 하는 장면처럼요."

현우의 말에 승현이 고개를 끄덕이며 맞장구를 쳤다.

"맞아. 원하는 시간대로 갈 수 있게끔 계산된 음계로 악보를 그린 뒤 공명현상을 일으킬 수 있는 적절한 장소에서 연주를 하면 대략 자신이 원하는 비슷한 시간대에 갈 수 있게 되는 거지. 단, 이게 연주이다 보니까 같은 곡이라고 해도 연주자에 따라서 연주법이 조금씩 차이가 날 것이기에 이런 점 때문에 정확한 특정 시간은 불가능하고 대략 그 시간대쯤으로는 가능하다는 거지."

이번에는 민욱이 입을 열었다.

"그렇다면 시간을 돌리면 두 번째 삶이 시작되는 건데 그러면 첫 번째 삶의 기억은 어떻게 된대요?"

승현은 앞에 놓인 골뱅이를 하나 집고서 한입에 넣고서는 몇 번 씹다가 꿀꺽하고 삼킨 뒤 맥주를 한 모금 마셨다. 표정은 약간 긴장된 것 같기도 했다. 승현은 조금 전보다는 다소 낮아진 목소리로 말했다.

"그건 해보지 않고는 알 수 없겠지. 사실, 이것이 내가 민욱이 너를 찾은 이유야. 시간을 돌렸을 때 우리 둘 다 첫 번째 삶에서의 기억을 잊게 된다면 별 의미가 없을 수도 있겠지만 만약 너랑 나 둘중 한명이라도 기억을 가지고 있다면 상황을 좀 달리 만들 수 있지 않을까? 아무튼 지금 우리들 중 주희를 사랑했던 사람은 너랑 나 두 사람이고 우리 두사람 중 한 명이라도 기억이 유지되게 된다면, 기억을 가진 사람이 상황을 다르게 만들어 보자는 거지."

승현은 잠깐 말을 멈추는 듯하더니 이내 하던 말을 이어나갔다.

"하나보다는 둘이 확률이 올라가니까…. 그리고 솔직히 이런 생각도 해보곤 해. 아무리 시간을 되돌린다고 한들 우리가 가지고 있던 기억이 어떻게 100% 잊혀지겠어? 어느 정도는 무의식에 남아 있지 않을까? 정확한 기억은 아니라고 해도 어렴풋하게나마 주회에게 후회할 짓은 해선 안된다는 정도의 느낌만 내 무의식에 남이 있기만 해도 상당히 다른 선택을 할 것 같기도 해. 그리고 어쩌면 절대 잊지 않겠다는 강력한 의지를 품고서 시간여행을 하면 혹시 알아? 정말로 그 의지력으로 기억을 선명히 유지할 수 있을지? 만약 그렇다면, 너랑 나 우리 두 사람 중 주회를 더 사랑하는 쪽이 기억을 유지해내게 되는 걸까? 하하하!"

두 번째 시간
– 이공계 도서관 앞 벤치에서 1(현우, 주희의 추론)

　우혁 선배와 주희 이렇게 셋이서 우연히 서로 만나 우혁의 이야기를 듣게 된 현우는 너무도 놀랄만한 이야기에 반쯤 넋이 나가 있었다. 그들과 헤어지고 혼자서 어두워진 캠퍼스를 홀로 걷고 있는 중이었다. 예전 스타벅스 커피집은 여전히 학교 안 그 자리에 위치해 있었다. 걷다보니 어느새 공대 건물들이 있는 곳까지 와버린 그는 이공계 도서관 앞 구석에 있는 벤치에 털썩 하고 앉았다. 예전 민욱과 함께 자주 왔던 곳이다. 곱슬머리 뿔테안경 물리학도, 지금은 노벨 물리학상을 받고서 한국의 위상을 드높인 천재 물리학자로 인정받게 된 천재우 선배를 처음 만난 곳이기도 했다. 날씨는 적당히 선선했다. 밤이 되자 약간 덥게 느껴졌었던 낮의 날씨는 온데간데 없었다. '얼기설기 여러 인연들이 얽혀서 시간의 흐름에 따라 흘러가는 게 인생인가?' 하는 생각이 드는 현우였다. 따지고 보면 시간의 흐름이라는 것이 한 방향으로만 흐르는 것도 아닌 것이다. 민욱이 녀석이 기타사나이 우혁 선배에게 부탁해서 시간을 되돌렸으니!

현우는 천천히 우혁 선배가 했던 이야기들을 머릿속에서 정리해 나가기 시작했다. 민욱이 시간을 되돌리기 전의 첫 번째 시간의 흐름이 있고, 우혁 선배에게 부탁해서 시간을 되돌린 두 번째 시간의 흐름이 있는 데 지금 내가 살고 있는 이 순간은 바로 두 번째 시간의 흐름이라는 것. 첫 번째 시간에서 주희가 교통사고를 당하게 되는데 민욱은 우혁에게 부탁해 시간을 돌려서 두 번째 시간의 흐름인 지금 생에서는 민욱이 자신의 몸을 던져 주희를 지켜냈다는 것. 이렇게 정리를 하고 보니 민욱의 행동들에 대해 새롭게 이해가 되는 것들이 있었다. 민욱은 주희와 승현 선배가 잘 될 수 있게 열심히 도와주었었다. 그렇게 자신있게 도와줄 수 있었던 이유는 무엇이었을까? 아마도, 첫 번째 시간의 흐름에서 보았던 것이 아닐까? 강승현이라는 사람이 어떤 사람이었는지를. 이를테면, 첫 번째 시간에서의 승현 선배는 정말로 엄청 성공한 사람이 되었던 것이고 이를 본 민욱은 주희가 그 사람과 결혼만 하면 재벌 사모님 소리 들으며 속 편하게 살수 있다는 것을 알고 있었다든가, 혹은 승현 선배가 주희를 진심으로 사랑한다는 것을 알았다든가, 아니면 이 두 가지 요소가 적절히 섞여 있다든가. 아무튼 첫 번째 시간에서 승현 선배가 무언가 믿을 만한 모습을 보여주었기 때문에 민욱이 그렇게 한 것이라는 생각이 들었다. 이때 갑자기 자신을 부르는 목소리가 들려와 현우는 소리가 난 쪽으로 고개를 돌렸다. 뜻밖에도 주희가 서 있었다. 주희는 옆자리에 털썩하고 앉더니 현우를 보면서 말했다.

"남편이랑 가다가 아무래도 생각을 좀 정리하고 싶더라구. 그래서 남편 먼저 보내고 여기저기 걷다가 여기까지 왔는데 역시나 너도 생각을 정리하는 중인가 보네?"

"하하, 그러니까 말이야."

"사실 나 지금 남편이…"

"알아! 승현 선배지? 학교에서 씨씨하다가 졸업하고 몇 년 뒤 결혼했잖아? 친구들에게 대충 전해 들었었어."

주희는 조용히 고개를 끄덕이는가 싶더니 다시 입을 열었다.

"사실, 나 좀 감동이기는 했어. 그 우혁 선배라는 사람의 말에 따르면 첫 번째 생에서 죽었던 나를 살리려고 지금의 내 남편인 승현 오빠와 그리고 민욱이 시간을 되돌려 준 거잖아?"

"그런데 네 남편인 승현 선배는 한 번도 이 이야기나 혹은 비슷한 이야기도 한 적이 없었던 거야?"

"응."

"그렇다면 전생의 기억을 가지고 있는 것은 우리에게 설명을 해준 우혁 선배와 민욱이, 이렇게 두 명이라는 거네? 나도 분명 시간을 돌려달라고 요청할 때 함께 있었다는데 전혀 그런 기억이 없거든."

현우와 주희는 서로 별다른 말 없이 잠시 동안 각자 생각에 잠겼다. 얼마 뒤 현우가 다시 입을 열었다.

"민욱이 녀석은 시간을 돌려달라고 하고서는 왜 굳이 너와 승현 선배가 잘되게 하려고 한 걸까? 승현 선배는 첫 번째 시간에 대한 기억이 없는 것은 확실한 것 같고 반면 민욱은 첫 번째 시간에 대한 기억이 있었던 것 같고. 사실 그렇다면 이른바 작업을 걸기에는 민욱이 유리한 거잖아? 너에 대해서도, 앞으로 일어날 일들에 대해서도 잘 알고 있을 테니까. 물론, 승현선배가 워낙 잘 생기고 조건도 좋다는 측면이 있기는 하지만 그래도 첫 번째 시간에서의 기억을 가지고 있던 민욱은 너와 마치 운명적인 만남인 것처럼 너가 느끼게끔 만드는 그런 상황들을 얼마든지 연출할 수 있었을 텐데. 그런 상황이 몇차례 반복되면 솔직히 없던 호감이 생기기도 하잖아?"

현우가 던진 질문에 주희로서도 별로 할 말은 없었다. 잠시동안 조용히 있던 두 사람 사이에 침묵을 깨듯 현우가 다시 입을 열었다.

"혹시, 우혁 선배가 우리한테 말했었던 그 필연성이라는 것 때문이 아닐까?"

"필연성?"

"그렇지, 필연성!"

"그럼, 나랑 승현 오빠랑 결혼해서 산다는 것이 필연적인 사건이라는 거야?"

"아니, 그렇다기 보다는…"

잠깐 말을 멈칫하던 현우는 조심스레 말을 이어나갔다.

"민욱은 시간을 되돌려 너를 살리기로 했을 것이고, 그렇지만 네가 사고가 났던 그 장소에서 누군가 사고가 나는 것이 필연적 사건이라고 한다면, 네가 살게 되면 그곳에서 다른 누군가가 죽어야 할 수도 있다는 것인데 민욱은 그 사람을 자신으로 선택한 거라는 것이지. 너를 살리겠다고 다른 누군가를 희생시킬 수는 없으니까."

옅은 밤바람이 현우와 주희를 스치고 지나갔다.

"우혁 선배가 말했었지. 첫 번째 시간에서 나와 민욱 그리고 승현 선배가 자신을 찾아왔다고. 그리고 우리들은 아마 시간 여행에 대한 자세한 이야기들을 나누었을 것이고. 아무튼 원하는 시간대로 가기 위해 어떤 곡을 내놓으며 연주를 해달라고 우혁 선배에게 요청했고. 그 곡은 천재우 교수가 계산을 해서 만든 악보였을 테고. 뭐, 워낙 천재 같은 사람이니까 아마 작곡가들이 쓰는 프로그램을 적절히 변형해서 자신의 계산에 맞게 작곡한 곡일 거야."

현우의 말을 듣고 있던 주희가 현우를 보며 말했다.

"너 은근히 추리적 상상력이 풍부하구나. 그럴싸한데?"

"그게 말이야, 어쩌면 내가 민욱이만큼 기억을 선명하게 유지하는 것은 아니어도 내 무의식에 남아 있어서일지도 모른다는 생각이 들어. 어쩌면 너의 남편인 승현 선배도 그의 무의식에 뭔가가 남아 있지 않을까?"

현우의 말에 주희가 소리 내어 웃으며 말했다.

"호호호호! 그럼 내게 잘해 주는 게 혹시 전생에 나한테 뭐 잘못한 게 있는 건가? 근데 이런 얘기 하긴 하더라. 원래, 승현 오빠가 우리 신입생 때 씨씨하고 있었잖아. 근데 나를 보고 나서 헤어진 거라고 하더라고. 그리고 원래 자기가 그동안 학교생활 하면서 그렇게 열심히 사는 스타일이 아니었는데 이상하게 나랑 사귀면서 계속 자기의 생활 방식이 바뀌는 것 같다는 말을 하기는 했었어. 뭐, 점점 열심히 사는 스타일로 바뀌어 간다나?"

현우는 잠자코 주희의 말에 귀를 기울이고 있었다. 주희는 계속 말을 이어나갔다.

"사실 별로 그 말에 의미두지는 않았었거든. 근데 졸업할 때 보니까 진짜로 쉽게 아버지 병원에서 일하지 않고 굳이 빡세다는 건설회사를 취업하더라구? 그리고 해외업무까지 자진해서 다녀오고. 젊을 때 고생을 해봐야 한다나? 솔직히 그렇게 안생겼잖아? 내 남편이긴 하지만 좀 놀게 생긴 건 사실이잖아? 그런데 은근히 엄청 성실하다."

여기까지 말하던 주희는 잠깐 하던 말을 멈추는가 싶더니 문득 생각난 듯 두 손으로 손뼉을 치며 하던 말을 이어나갔다.

"근데, 첫 번째 시간에서 너와 민욱 그리고 승현 선배가 우혁 선배를 만날 수 있었던 것도 기묘한 우연이라면 우연인거네!"

잠깐 생각이 잠긴 듯 가만히 있던 현우가 천천히 입을 열었다.

"그건 우연이라고 해도 아마 상당히 필연 같은 우연일지도 몰라."

"필연 같은 우연?"

"그렇지. 우혁 선배가 있던 그 동아리방은 천재우 교수의 이론에 따르면 시간과 시간이 교차하는 지점인 거야. 그런 곳에서는 초자연적 현상이 쉽게 일어난다고 했었지. 오늘 우혁 선배가 말하길, 첫 번째 시간에서도 지금과 같이 우리 학교 밴드부 연습실을 렌트해서 자기가 속해 있는 직장인 밴드 연습실로 썼다고 했었잖아? 사실, 곰곰이 생각해 보면 우혁선배는 그 장소에 좀 집착한다는 듯한 느낌이 들어. 학교를 졸업하고 자기가 있던 동아리방을 굳이 찾아와 보는 사람이 얼마나 있을까? 졸업한 지 얼마 되지 않았으면 몰라도…. 그래서 현재 학교 밴드부 연습실이 쓰이지 않고 있다는 사실을 알아내고는 굳이 거기를 빌려서 자기가 지금 속한 직장인 밴드의 연습실로 쓰고 있다. 자연스럽다면 자연스러울 수 있지만 이상하다면 이상하지. 더 좋은 연습장소는 얼마든지 있을 텐데."

현우는 불어오는 바람에 머리를 한쪽으로 쓸어 넘기더니 말을 이어갔다.

"그리고 솔직히 우연인지는 몰라도 내가 우혁 선배를 찾아갈 때마다 그 밴드부 연습실에는 늘 우혁 선배 혼자 있었어. 사실 오늘도 그렇잖아. 선배가 속해있다는 직장인 밴드의 다른 사람들은 없었고 선배 혼자 그곳에 있었지. 천새우 신배의 이론에 따른다면 그곳은 초자연적 현상이 많이 일어나는 곳일 테고 우혁 선배가 그곳에 집착하는 이유도 그리고 다른 밴드부원들을 볼 수 없었던 이유도 어쩌면 그 초자연적 현상과 관계가 있을 수 있다는 거지. 그곳에서 음악을 연주하면 죽은 형을 잠깐 볼 수 있다든가 혹은 그의 목소리를 들을 수 있다든가하는 식의…. 만약, 그렇다고 한다면 우혁선배는 계속 그 장소에 집착하게 될 테고 반면 다른 사람들은 그 장소에서 연주하는 것을 꺼리게 될테고 …."

"너의 말을 들으니까 약간 오싹하기도 한데?"

"천재우 교수의 이론이라면 오싹할 것도 없어. 그런 초자연적 현상도 아직 우리의 과학력이 미치지 못했을 뿐이지. 결국, 과학으로 설명될 일들이니까."

주희는 갑자기 일어나 이공계 도서관 쪽으로 걸어가더니 자판기에서 캔 커피 두 개를 뽑고서는 다시 현우의 옆자리에 앉았다. 커피를 건네며 주희가 말했다.

"하긴, 그 정도 체험이 있었다면, 그 장소에서 초자연적 현상이 빈번히 일어날 수 있다는 것을 알아냈던 천재우 교수에 대한 신뢰가 생길 수밖에 없을 것이고 그러다보니 그의 이론에 입각해서 시간을 돌리는 것이 가능할 수도 있다는 말에 더 쉽게 수긍할 수 있었을테고 그래서 결론적으로, 그 악보를 연주해볼 마음도 더 쉽게 가질 수 있었던 것이고. 나도 너의 흉내를 내서 한 가지 추리를 해보자면 아까 우혁 선배라는 사람이 네가 했던 질문에 답하며 이런 말을 했었잖아? '하지만 내가 돌려낸 시간은 우리 형이 죽은 이후의 시간부터였던 거야. 그 이전으로 돌아가지는 못했던 거지'라는 말. 즉, 그 이전으로 돌아가지 못했다는 것은 우혁 선배도 시간을 돌릴 수 있다면 자신의 형을 살릴 수 있을지도 모른다는 기대가 있었을 거라는 거지. 아쉽게도 그 시간대까지 가지는 못했지만. 시간의 흐름을 음악의 파동으로 돌리는 것이니까 완벽하게 원하는 시간대로 가기는 어려울 테고….

아무튼, 잘하면 형도 살릴수 있겠다는 생각에 더욱 흔쾌히 연주를 하기로 했던 걸거야."

현우는 고개를 끄덕이며 주희의 말에 공감을 표했다. 주희가 건내준 캔커피를 한 모금 머금고는 꿀꺽하는 소리를 내며 삼킨뒤 다시 입을 열었다.

"우혁 선배가 그 장소에 집착을 하며 떠나지 않는다면 첫 번째 시간 안에 있던 나와 민욱, 그리고 승현 선배가 밴드부 연습실에서 우혁 선배를 만나게 된 것은 우연이라고는 하나 필연에 가까운 우연이 되는 것이지."

첫 번째 시간
– 종로2가 맥주집에서 2(승현의 눈물)

"시간을 돌렸을 때 천재우 교수의 이론에 따르면…"

승현은 잠깐 생각하는 듯하더니 말을 이어 나갔다.

"그의 책에는 아직 그의 짐작에 더 가깝다는 전제를 깔면서, 음악으로 파동을 만들어서 시간의 흐름을 돌렸을 때, 연주자의 기억은 사라지지 않을 가능성이 높다고 본다고 적혀 있더라고. 누군가 시간을 돌린다면 세상의 균형이 흔들려 크고 작은 혼란이 올 수도 있는데 연주자가 전생의 기억을 가지고 있음으로서 이러한 상황에 대처할 수 있게끔 한다는 거지. 물론, 연주를 한 그 사람이 두 번째 시간에서 균형을 위해 필연적으로 발생해야 하는 사건이 발생하게끔 적극적으로 노력을 할지의 여부는 불분명하지만 그래도 전생의 기억을 갖고 있게 함으로써 그런 행동을 할 가능성을 조금이라도 높인다는 거야. 마치, 우리가 벌레를 잡았을 때, 그 벌레가 죽는 순간까지 앞으로 나아가다가 죽는 것처럼, 결국 자연의 법칙이란 건 마지막의 마지막까지 생존을 향한 미약한 확률이라도 높이려 한다는 건데 그런 관점에서 보자면 연주자가 기억을 보존하는 것이 더 자연의 법칙에 부합한다고 볼 수 있다는 거야."

민욱과 현우는 조용히 승현의 설명을 듣고 있었다. 승현은 잠깐 멈추는가 싶더니 다시 말을 이어나갔다.

"그런데 아무리 생각해도 천재우 교수의 책을 읽고 나서부터 드는 생각이 있는데 말이야. 왜 데자뷔라는 말이 있잖아? 어디서 본 듯한 장면이 현실에서 일어나는 것 말이야. 이게 어쩌면 누군가가 시간을 돌렸기에 발생하는 현상일수도 있겠다는 생각을 하게 되더라고. 전생의 기억이 내 무의식 어딘가에 남아 있고 새로운 삶에서 비슷한 상황을 보게 될때 데자뷔를 느끼게 되는 거지. 데자뷔가 내가 생각한 이러한 이유로 발생하는 것이 맞다고 한다면 결국 전생의 기억은 누구나 가지고 있는 거야. 단지 그것이 선명하냐, 희미하냐의 차이만 있을 뿐이지."

승현의 말에 현우가 조심스레 덧붙였다.

"시간을 돌린다는 사실을 알고, 지금의 기억을 그대로 가져가야겠다는 의지를 갖고서, 시간을 돌린다면 지금 생에서의 기억이 무의식으로 떨어지지 않고 의식에 그대로 남아있을 수도 있는 그런 가능성도 생각해 볼 수는 있겠네요."

승현이 잔을 들자 민욱과 현우도 함께 잔을 들었다. 세 사람은 가볍게 서로 잔을 맞부딪힌 뒤 한 모금씩 들이켰다. 바깥에 있는 자리이다 보니 바람이 스쳐 지나가는 것을 분명히 느낄수 있는 세 사람이었다. 승현은 현우의 말에 덧붙여 자신의 이야기를 이어나갔다.

"어차피 확률적 접근을 해야 한다면 확률을 1%만이라도 높여보자는 거야. 어차피 나의 목적은 하나야. 주희를 끔찍했던 그 사고에서 지켜내고 싶다는 것. 하지만 시간을 돌렸을 때 내 기억이 의식의 영역에 남아 있을지 어떨지는 알 수가 없어. 하지만 주희를 좋아했던 사람이 나 말고 여기 민욱이도 있잖아? 두 사람이 의지를 가지고 한다면 둘 중 한 명의 기억은 의식 속에 남아 있지 않을까? 기억이 남아 있는 사람이 주희를 지키는 거지. 만약, 너와 나 모두 이번 생의 기억을 의식의 영역에 남겨두는 것에 실패한다고 해도 무의식에서나마 남아 있다면 두 번째 시간에서 우리가 주희를 대하는 방식이 달라지지 않을까? 아무래도 지금 보다는 좋은 쪽 아니겠어?"

승현은 이렇게 말한 뒤 가볍게 한숨을 내뱉고는 말을 이어나 갔다.

"난 내가 주희와 이별한 후 철없이 내뱉었던 말들이 지금의 이 상황을 만든 것 같다는 생각이 들어. 나비효과처럼 말이야. 만약, 그 말들을 내가 세상에 내뱉지 않는다면, 주희의 삶이 어떻게 달라질 수 있는지 보고 싶은 거야."

이렇게 말하는 승현의 두 눈에는 소리 없는 눈물방울이 맺혀 있었다. 대학 시절 늘 자신감에 차 있던 모습만을 보이던 승현 선배가 눈물을 보이다니!

두 번째 시간
– 이공계 도서관 앞 벤치에서 2(현우, 주희의 추론)

"그런데 말이야, 그 기타사나이라고 하는 우혁 선배. 그 사람이 어떻게 우리가 오늘 밴드부 연습실에서 다시 만나게 되리라는 것을 알고 있었을까?"

주희가 현우를 바라보며 물었다. 주희는 마치 현우를 셜록홈 즈라도 되는 것처럼 느끼는 눈빛이었다. 현우의 생각이라는 것은 그야말로 맞을 수도 있고 아닐 수도 있는 현우의 개인적 추론에 지나지 않았지만 어쨌거나 꽤나 설득력이 있는 말을 하고 있다고 느껴졌기에 주희로서는 현우에게 질문하지 않을 수 없었던 것이다. 현우는 한동안 잠자코 생각에 잠기는 듯했다. 그러더니 천천히 입을 열었다.

"사실, 지금 대부분 천재우 교수의 이론을 근거로 해서 우리가 일련의 상황들을 이해했는데 천재우 교수의 이론이 맞다고 한다면 우혁 선배가 있던 곳은 시간과 시간이 교차하는 지점인 곳이고 어쨌거나 그곳이 때마침 우리 학교 밴드부 연습실이었다는 건데 우혁 선배는 그곳에서 일렉기타를 쳤으니만치 어쩌면 우혁 선배는 그곳에서 아직 과학으로 밝히지 못한 초자연적 현상을 꽤 많이, 꽤 구체적으로 경험했을 수 있어. 그렇다고 한다면, 시간여행이라든가 혹은 그와 관련된 여러 가지 것들에 대해 과학적으로 분석한 사람은 천재우 교수이지만 우혁 선배는 자기 나름으로 그곳에서 초자연적 현상을 경험하며 쌓인 체험적 이해가 있을 수도 있다는 거지. 게다가 우혁 선배는 첫 번째 시간의 기억까지 가시고 있는 인물이잖아?"

현우는 하던 말을 잠깐 멈추고서는 주희를 바라보았다. 주희 역시 현우를 바라보며 현우의 다음 말을 기다리는 듯했다.

"우리가 오늘 그 장소에 모이는 것이 필연적 사건이라고 그는 확신을 했던 거지."

"우리가 오늘 모이는 것이 필연적 사건에 속한다고?"

꽤나 늦은 시간이지만 이공계 도서관 앞에는 공부를 하다가 밖으로 나온 학생들이 담배를 피우거나 전화를 하는 등 저마다의 일을 하며 서성이고 있었다. 학교의 풍경은 그렇듯 늘 평화롭고 아름다워 보였다.

"정확히 오늘 이 시간 너와 내가 그곳을 찾을 것이라는 걸 그가 어떻게 알았는지까지는 지금 우리가 알 수는 없겠지. 뭐, 첫 번째 시간에서 모두가 모였던 날이 오늘일 수도 있고. 그래서 너와 나의 무의식 속에 남아 있던 그 기억이 오늘 우리를 이곳에 오게 하는 행동을 하게끔 만든 걸 수도 있다든가… 뭐, 우리가 지금 모든 걸 다 알아낼 수는 없으니까 그것에 대한 상상은 다음을 위해 남겨두자구. 하하하!"

주희는 캔 커피를 한 모금 마시며 생각에 잠겼다. 현우는 가볍게 웃은 뒤 말을 이어나갔다.

"승현 선배와 민욱이 녀석이 너를 위해 시간을 돌린 것이라면, 그래서 두 번째 삶이 진행된 것이라면 어쩌면 지금의 삶에서 너에게 선택권이 한번 주어지는 것은 필연적 사건이 될 수도 있을 것 같다는 생각이 들어. 즉, 그들에 의해 달라진 삶을 살게 된 네가 이 삶을 계속 이어나갈지 혹은 거부하고서 다시 시간을 되돌릴지 너에게도 선택의 기회가 주어지는 것이지. 그날이 바로 오늘인 것이고 우혁 선배는 이 필연성에 대해서 알았던 것이고."

현우의 말을 듣고 있던 주희는 갑자기 고개를 들어 하늘을 바라보았다. 덩그러니 보름달이 외롭게 떠 있는 듯 했다. 하지만 그 옆에 언뜻언뜻 크고 작을 별빛들이 희미하지만 분명하게 빛을 내고 있었다.

"결국 그들이 시간을 돌려서 지금, 승현 오빠는 내 남편이 되었고 민욱은 나를 위해 사고를 대신 당했고… 그리고 이 상황을 그대로 이어갈지 다시 시간을 돌려서 새로운 상황을 만들어야 할지 내가 선택할 수 있는 순간이 필연적으로 오늘 다가왔다. 뭐, 이렇게 되는 거네."

잠깐 말을 멈추었던 주희는 천천히 다시 입을 열었다.

"그래서, 내가 다시 시간을 되돌려 달라고 우혁 선배에게 부탁해야 할까? 나 대신 죽은 민욱을 되살리고 다시 내가 죽어야 하는 걸까? 지금 이 삶을, 남편도 있고 새롭게 입양한 아이도 있는 이 삶을 그냥 살아가면 내가 나쁜 사람이 되는 걸까? 민욱에 대한 미안한 감정들이 계속 내게 머무르게 될까?"

고뇌하는 듯한 주희의 말을 듣고 있던 현우는 조심스레 입을 열었다.

"민욱과 승현 선배가 뭣 하러 지난 삶에서 그런 선택을 했겠어? 지금 네가 행복하다면 그걸 선택하면 되는 거야. 그리고 이건 내 짐작인데, 시간이 만약 어떤 물질과 같은 성격을 갖고 있다고 한다면 시간여행도 횟수에 제한이 있을 수밖에 없을 거야. 마치, 우리가 물건을 오래 쓰면 낡고 마모되는 것처럼. 시간의 흐름도 계속 외부적 파동에 노출되면 마모되어 낡아갈 것이고 그러면 다시 시간을 돌릴 수 없는 상태가 되어버리거나 혹은 돌리려고 해도 뜻대로 잘 되지 않거나 뭐, 그렇게 되겠지. 아무튼, 네가 위험해질 수도 있을 거란 얘기야. 물론, 이것이 맞는 가정인지는 천재우 선배에게 물어봐야겠지만, 어쨌거나 네가 위험해지는 것은 민욱과 승현 선배, 누구도 원치 않는다는 것은 분명해."

여기까지 말하던 현우는 들고 있던 캔커피를 한모금 마시고는 다시 말을 이었다.

"야, 근데 내가 가정하긴 했지만 생각할수록 신기하긴 하다. 민욱과 승현 선배가 너를 위해 시간을 돌렸는데 결국 지금 너도 그와 관련해서 어떤 선택을 해야 하는 거잖아. 그게 공평하니까. 결국 너까지 최종적으로 어떤 결정을 내릴 때 비로소 공평하게 균형 잡힌 세상이 되는 것이라고 한다면, 정말 뭔가 균형과 공정을 유지하려고 하는 우주적 질서가 있는 것 같아. 하긴, 그런 식의 어떤 질서와 회복의 에너지가 있기 때문에 과학도 종교도 존재하는 것일지도 모르지."

"그럼 결국 운명이란 게 있는 걸까나?"

한동안 잠자코 있던 두 사람은 문득 서로를 바라보았고 누가 먼저랄 것도 없이 '푸핫!' 하며 크게 웃음을 터뜨렸다. 현우가 주희에게 말했다.

"그냥, 지금의 행복한 삶을 살아가. 내가 민욱이 절친이잖아.

내 얘기가 걔 얘기겠거니 생각하면 돼. 뭐, 지금 내 얼굴에 민욱이 얼굴이 막 오버랩 되지 않냐? 크크크"

　현우의 능청스러운 말을 듣고 있던 주희는 자신의 온몸을 시원한 바람이 스쳐 지나가고 있음을 확실히 느끼고 있었다.

마지막 연주

　우혁은 여전히 동아리방에 앉아서 가볍게 기타를 튕기고 있었다. 주희와 현우가 찾아와 그들에게 자신이 알고 있는 모든 이야기를 해주었고 그러고 나니 무언가 후련한 기분이었다. 왠지 어떤 주어진 사명을 다했다는 느낌이랄까? 우혁이 연주하는 곡은 '척 맨지오니'의 '필 쏘 굿(feel so good)'이었다. 가볍게 연주가 끝나자 우혁은 허공을 응시하며 조용히 혼잣말을 하기 시작했다.

　"여기서 이 곡을 연주하면 마치 형의 목소리가 들리는 것 같단 말이야. 하하!"

　우혁은 잠깐 입을 다무는 듯하더니 천천히 혼잣말을 이어갔다.

　"그러니까 말이야 형이 죽었기 때문에 내가 지금 이렇게 살아 있다는 거지? 형의 죽음은 필연적 사건이었고 그래서 세상의 균형이 잡힌 거라고. 형이 계속 살아 있었다면 내가 위험할 수도 있었다고. 내게 그렇게 말하는 거잖아."

우혁은 어딘가를 응시하며 혼자서 계속 읊조리듯 말했다.

"그래서 더 그랬던 것 같아. 내가 왠지 형인 척 하려고 했던 것 말이야. 형이 하던 일들 혹은 형이 할 것 같은 일들을 내가 대신 해주어야 할 것 같았거든."

우혁은 검은색 기타 케이스를 열고서는 들고 있던 기타를 집어 넣었다.

"이제 여기도 더 이상 오면 안 될 것 같아. 나 정말 이상해질 것 같거든. 내가 있는 현실, 그러니까 내 삶을 열심히 살아야지. 꿈을 계속 꿀 수는 없잖아?"

이렇게 말하고는 혼자서 '풋!' 하며 가볍게 웃음소리를 내었다. 컨테이너 하우스의 문을 열며 밖으로 나가려던 우혁은 잠깐 멈추는 듯 하더니 나직이 한마디 내뱉었다.

"형, 안녕!"

컨테이너 하우스를 나서자 우혁의 눈앞에는 익숙한 학교의 풍경이 펼쳐졌다. 한밤의 캠퍼스를 걷는다는 것은 나름대로 매력 있는 일이었다. 우혁은 등에 기타를 맨 채로 천천히 걸으며 작은 목소리로 노래를 흥얼거렸다. 시간을 돌리기 위해 민욱이 가져왔던 그 악보에 나름대로 가사를 붙여봤던 것이다.

♪

그대네요 정말 그대네요

그 따뜻한 눈빛은 늘 여전하네요

이제야 날 봤나요 한참을 보고 있었는데

햇살이 어루만지는 그대 얼굴

꿈일지도 몰라 안녕이란 말도 나오질 않아

하고픈 말 얼마나 많았는데

꿈에서도 너만 찾았는데

너무 늦었단 그런 말을 듣기 싫은데

내 눈을 피하는 그대

내 맘이 보이나요

그대 눈빛을 난 알 수가 없어

소리 없이 나 혼자 안녕

♪

(후략)

-성시경/아이유 '그대네요' 중에서-